혼자 산다

@

당당하고 자유롭게

혼자 산다
@
당당하고 자유롭게

가미사카 후유코 지음 · 우제열 옮김

참솔

믿을 수 있는 것은 자기 자신뿐

1년쯤 전 『일본경제신문』에서 「싱글 라이프」라는 제목으로 연재를 맡아 달라고 했을 때 처음에는 약간 망설였습니다. 마음 한구석에 독신여성은 사람 취급을 제대로 받지 못한다는 열등감이 있었을지도 모릅니다.

그러나 지난 시간을 되돌아보니 싱글 라이프로 즐겁게, 충실하게 살아왔다는 생각이 들었습니다.

지금까지 싱글 라이프에서 벗어나고 싶은 유혹이 전혀 없었던 것은 아닙니다. 하지만 평소에는 주위를 살피지 않고 내달리던 나였지만, 결정적인 시간만 되면 두려운 생각이 들어 방어자세가 되면서 번번이 돌아서고 말았습니다.

결국 싱글 라이프로 사는 것은 생활습관이나 살아가는 자세와 관련이 있는 것 같습니다. 본문에 적은 대로 나는 혼자서 살아온 것을 절대로 후회하지 않지만, 한번 나름대로 정리해 보고 싶다는 생각이 들어서 이 글을 쓰게 되었습니다.

신문사에서는 아마도 독신생활의 지혜라든지 비결 같은 실용적인 부분을 바랐을 텐데, 나는 내가 경험한 싱글 라이프의 빛과 그림자를 적나라하게 속속들이 드러냈습니다. 그리고 그 결과 싱글 라이프에 관심을 갖는 사람이 뜻밖에도 많다는 사실을 알고 놀랐습니다.

예를 들어 「차라리 신혼여행 이혼이 낫다」는 의견을 쓴 적이 있었습니다. 나의 경우가 아닌 일반론을 이야기할 때에는 평범한 삶을 좋아했지만 그것도 시대와 함께 변하는 것인가 봅니다. 「실패를 깨달았을 때 궤도의 수정은 빠를수록 좋다. 그래서 재혼을 하게 되면 그것도 좋고, 풍파를 헤쳐 나온 후에 혼자서 살게 되면 또 그것도 좋다」고 쓴 것에 대해 많은 젊은이들이 호응해 주었습니다.

또 「혼자 살든 둘이 살든 그 차이는 죽을 때 사람들에게 둘러싸여 죽는가, 혼자서 죽는가의 차이뿐」이라는 의견을 썼을 때에도 주부들로부터 뜻밖의 호응을 받아 제 자신이 고개를 갸웃거릴 정도였습니다. 신문 연재를 할 때는 국내뿐 아니라 뉴욕, 캘리포니아의 각 도시와 런던 등에서도 뜨거운 반응을 보여주었습니다.

나는 사람의 본질이 시대에 따라 변하는 것은 아니라고 단정 짓고 있었지만, 출생률 1.5%라는 숫자는 미혼·기혼, 국내외를

막론하고 여성의 삶이나 사고를 바꿀 수도 있다고 생각하기 시
작했습니다.

「자식은 자신의 삶을 희생해서라도 부모의 노후를 돌보아야
한다」고 빈축을 살 것을 각오하고 쓴 글도 예상과는 달리 압도
적으로 찬성하는 여성이 많았습니다. 출생률이 여성의 생각을
바꾸고 있다기보다는 현대라는 시대가 사람의 본질을 바꾸고
있는 것인지도 모릅니다.

오래 전 이야기인데, 아끼는 후배에게 결혼 축하 선물로 시
키시(色紙, 글을 쓰거나 그림을 그리는 두꺼운 종이)에 글을 써준 적이
있었습니다.

믿을 수 있는 것은 자기 자신뿐

마음속의 인생관을 써달라는 말에 순간적으로 이렇게 써서
선물했습니다. 그것도 결혼선물로 말입니다. 보내고 나서야 결
혼선물로 적당치 못한 내용이라 후회했지만, 어쩌면 그때부터
나는 싱글 라이프를 꿈꾸고 있었는지도 모릅니다.

오랫동안 그 후배에게 미안한 마음이었지만, 지금쯤은 아이
를 다 기른 그녀도 내가 쓴 시키시를 보며 새삼 고개를 끄덕이
고 있을지 모르겠군요.

가미사카 후유코

*본문 중 괄호 안의 작은 글씨는 옮긴이 주입니다.

1 당신은 싱글 라이프, 더블 라이프?

만약 공부에 열중하는 사이에 결혼 적령기를 놓치면
독신으로 살게 될지도 모르는데 그래도 좋은지 물었다.
"평생 독신이요? 그건 싫어요.
하지만 지금은 특별하게 기대고 싶은 사람이 없어요."
그녀는 자신이 원하는 대로 살면서 두려운 마음도 없어 보인다.

새로운 싱글 라이프를 말하자

규슈에 사는 친구가 꽃향기 그윽한 술을 보내 주었다. 육각형의 작은 핑크빛 병에 들어 있는 투명한 액체는 장미 향 같기도 하고 복숭아 향 같기도 한 것이 진동하여 입에 대기도 전에 황홀한 기분이 들었다.

'향료가 이렇게까지 멋지게 쓰이는 시대가 되었구나'라고 감탄했지만, 향료는 전혀 사용하지 않았다고 한다. 더 정확히 말하면, 사용하지 않았다기보다 사용을 금지당하고 있다.

술은 재무부 관할로 주세법에 의해 성분이 제한되기 때문에 마음대로 새로운 성분을 첨가할 수 없다. 그러니 주조회사로서는 제한된 틀에서 시대에 맞는 신제품을 개발해야 한다.

친구가 보내 준 술은 효모균을 가공하여 만든 신제품이었다. 즉, 발효되면 술에 꽃향기가 풍기는 효모를 사용한 것이다. 법에 저촉되지 않으면서도 독특한 특성을 잘 살린 멋진 아이디어랄 수 있었다. 효모를 개발한 곳은 규슈의 공업시험소인데, 앞으로 이 효모를 이용한 주조회사들의 향기경쟁이 뜨겁게 달아오를지도 모른다.

어쩌면 이런 모습을 떠올리며 개발에 몰두하지 않았을까. 한밤중에 혼자 사는 여인이 복숭아 꽃향기가 넘치는 술잔을 기울이며 시간을 보내는……. 그리고 보면 독신여성의 지위도 무척이나 향상되었다.

얼마 전에 한 남성에게 특별한 선물을 받았다. 작은 가마솥을 포함해 밥을 해먹을 수 있는 재료 일체였다. 먼저 작은 가마솥에 1인분씩 씻어 진공 포장된 쌀과 송이, 죽순 등 고명을 담는다. 그리고 예전의 부뚜막을 본떠 만든 철제 부뚜막에 가마솥을 올려놓고, 고체 연료에 불을 붙인다. 그러면 가스나 물을 사용하지 않고도 20분만 지나면 밥이 다 되는 것이다.

처음 선물을 받았을 때는 외국여행을 갈 때 가져가면 좋겠다는 생각이 들었다. 하지만 지금은 외국에 가지고 갈 것도 없이 집에서 애용하고 있다. 부엌일을 싫어하고, 좀처럼 슈퍼마켓에 가지 않는 내게는 번거롭지 않게 갓 지어낸 밥을 먹을 수 있다는 것이 얼마나 즐거운 일인지 모른다.

이번에도 이제 독신생활이란 사회에서 소외된 사람의 생활이 아니라 이렇게까지 주목받게 되었구나 하고 기분이 좋아졌다. 듣기로는 이 세트를 원하는 층이 독신생활자만은 아니라고 한다. 남편과 자녀가 외출하고 나면 혼자서 점심식사를 해야 하는 주부도 애용한다는 것이다.

출생률이 줄어들고, 싱글 라이프처럼 생활하는 주부가 늘고 있다는 것은 익히 들었지만, 「즉석 밥」이 인기 있다는 말에 비로소 실감되며 고개가 끄덕여졌다.

싱글 라이프이건 더블 라이프이건, 말 그대로 「즉석 밥」을 먹는 것이 보통이 된 이 시대! 과거와는 다른 시각으로 새로운 싱글 라이프론을 말하지 않으면 안되는 시점에 우리는 와 있다.

> 싱글 라이프이건 더블 라이프이건, 말 그대로 「즉석 밥」을 먹는 것이 보통이 된 이 시대! 이제 우리는 과거와는 다른 시각으로 새로운 싱글 라이프론을 말할 시점에 와 있다.

죽을 각오로 맞선이라도 볼까

여자로 태어난 것이 좋은지 나쁜지 묻는 사람이 있다. 내가
보기엔 정말 한심한 질문이다. 선택해서 이 세상에 태어난 사
람이 없기 때문이다. 마찬가지로 독신으로 살아온 삶을 후회하
지 않느냐는 것도 어리석은 질문이라고 생각해 왔다. 하지만
얼마 전에 여성잡지의 투고란에 실린 글을 보고 태도를 약간
바꾸었다. 그 글의 제목은 이랬다.

죽을 각오로 본 맞선이 피운 행복한 삶의 꽃

분명 여자로 태어난 것에 선택의 여지는 없었지만 그녀는 진
정으로 인생을 바꾸어 보고 싶었기 때문에, 좋아하지도 않는
남자에게 죽을 각오로 가까이 다가갈 수 있지 않았을까. 나도
그렇게 했다면 지금과 다르게 살고 있을지도 모른다. 죽을 각
오로 인생의 방향 전환을 시도해 볼 수 있는 용기는 젊은이의

특권이다. 나에게는 그것이 부족했던 모양이다.

20대 시절 직장에 다니던 나는 '언제쯤 좋은 남자가 나타날까' 생각하면서 집으로 돌아갔다. 매일매일 똑같은 일이 되풀이되던 생활에 질려 있었기 때문이다. 그렇지만 일을 한다는 것 자체에는 매력을 가지고 있어서 굳이 인생의 방향 전환을 심각하게 고려하지 않아도 괜찮았다. 그러니 죽을 각오로 남자를 찾아다닐 필요도 없었다. 날마다 그때그때의 상황에 충실하며 인생의 노를 즐겁게 저어가다가 어느날 문득 정신이 들었을 때는 독신으로 여기까지 와 있었다.

지금까지 독신으로 살면서 후회한 적은 없었냐고 물으면 오기로라도 한 번도 없었다고 대답하지만, 솔직히 나는 다른 사람에게 독신을 권하고 싶지는 않다. 차라리 죽을 각오로 타협할 수 있다면, 한 번쯤은 결혼하는 것도 좋다고 생각한다.

결혼해서 잘 지내면 좋은 것이고, 잘 안되면 이런 시대에는 그만두어도 된다. 물론 죽을 각오로 꼭 결혼을 시도해 보라는 것은 아니지만, 기회는 놓치지 말라고 얘기하고 싶다.

왜냐하면 나 자신도 독신으로 살아오면서 한 번은 몸둘 곳이 없었던 때가 있었기 때문이다. 바로 부모님을 잃었을 때였다.

상을 당하자 남편도 자식도 없는 나는 지극히 독단적으로 살아온 벌을 온몸으로 받는 심정이었다. 체념이란 더이상 슬퍼할 힘이 없는 상태를 뜻한다는 것도 알게 되었다. 아마도 가정이란 그런 괴로움을 덜어 주는 역할을 할 것이다.

　이제 모든 것은 여러분의 손에 달려 있다. 죽을 각오로 중매 결혼이라도 할 것인지, 아니면 때로 외롭지만 우아하고 자유로운 싱글 라이프의 삶을 살아갈 것인지…….

여자가 결혼을 결심할 때는?

나와는 2번 정도 만난 적이 있는 한 연예인이 결혼 발표를 했다. 편안한 식사모임이었기 때문에 사적인 이야기를 나눈 것은 아니었지만 별로 격식을 차리지 않는 깔끔한 인상의 여성이었다.

안면이 있으면 있는 대로, 없으면 없는 대로 여자라면 누구나 그녀의 결혼에 관심을 가졌다. 나도 그녀의 결혼 발표 뉴스가 나온 후 지하철을 타기 전에 그녀의 결혼에 대한 기사를 가능한 한 자세히 실어 놓은 주간지를 샀다.

그녀의 결혼에 대해 나는 나름대로 2가지 느낌을 받았다. 하나는 35세라는 그녀의 나이에 대해서다.

여자에게는 서른다섯이라는 나이가 어떤 결단의 시기라고 생각된다. 연예인이라면 은퇴를 결심할 나이이기도 하고, 결혼이 늦은 사람은 35세를 넘기지 않으려 한다. 또, 한 번 결혼했다가 실패한 사람도 35세에 재혼하는 경우가 많다.

나는 35세에 작은 집을 샀다. 그저 막연하게 산 것이 아니라 현관에서 바로 2층으로 올라갈 수 있고 2층에도 화장실을 따로 만들어 놓은 구조가 마음에 들었다. 만약 앞으로 계속 혼자 살아도 2층을 세놓으면 먹고 사는 문제는 해결될 것이라고 생각했기 때문이다.

35세에 이런 생각을 했다면 나에게 독신생활은 예정된 것이었는지도 모른다. 어쨌든 그때 어머니는 나에게 서글프게 말씀하셨다.

"집을 산다고? 잠깐만 기다려라, 애야. 조급하게 생각하지 말고, 조금 더 기다려라."

어머니는 35세인 딸이 결혼은 하지 않고 집을 사는 것에 대해 몹시 걱정스러웠을 것이다.

그전부터 결혼하고 싶다는 말을 계속해 온 그 연예인은 드디어 소원을 성취하게 되었다고 밝게 웃으며 말했지만, 내가 받은 또 하나의 느낌은 그다지 밝은 것이 아니었다.

언젠가 그녀는 아이를 데리고 이혼한 여자에 대해 논쟁의 불씨를 만든 적이 있었는데, 그때 그녀가 쓴 글을 읽고 무척 섬세한 신경을 가진 사람이라고 생각하게 되었다. 대체로 그런 종류의 논쟁을 가만히 들여다보면, 아이를 데리고 이혼한 여자를 비난하는 쪽에서 먼저 시비를 건다. 그녀는 그런 점을 미리 예상한 듯이 마치 모범답안처럼 주위를 배려하고 안심시켜 주는 글을 썼다. 나는 그런 글을 쓴 사람이 항간에서 들려오듯이 그렇게 밝게 면사포를 쓰는 결단을 내렸다고 생각하지 않는다.

들기로는 그녀에게 노부모가 계시다고 한다. 그녀는 결혼을 함으로써 부모님을 안심시켜 드리고 싶었던 것이 아닐까. 주위를 두루 배려하는 여자가 결혼을 결심할 때는 어딘지 자기 자신보다 부모님의 행복을 우선하는 듯한 느낌이 든다.

신혼여행 이혼이 차라리 낫다

신혼여행 이혼이 늘고 있다고 한다. 이 말을 처음 들었을 때는 경박한 행동이라고 생각했다. 그러나 요즘에는 잘못된 선택이었다고 판단되면 다시 시작하는 것은 빠르면 빠를수록 차라리 더 낫다고 생각을 바꾸었다.

비교적 전통을 중시하는 편인 내가 이렇게 말하는 것은 이유가 있다. 요즘 들어 결혼을 너무 쉽게 결정하는 젊은 여성이 늘고 있기 때문이다.

오래 전부터 잘 알고 지내는 전자회사의 부장이 얼마 전 승진하여 지방의 지점장이 되었다. 열심히 일해서 지점장까지 되었으니 얼마나 흡족하게 살고 있을까 생각하고 지나는 길에 들러 보았다. 하지만 그날 밤, 함께 식사를 했는데 그는 뜻밖의 말을 했다.

"이번 일요일에 도쿄에 갑니다. 딸 결혼식이 있어서…… 뭐,

어쩔 수 없지요."

그의 말투에는 신부 아버지의 외로움이라기보다는 자조적인 여운이 묻어 있었다. 예상대로 부모로서 아직도 이 결혼에 찬성할 수 없다는 것이다.

"뭐라고 딱 잘라 이유를 말할 수 없지만, 부모의 느낌 때문이지요. 재산이 많고 적은 문제가 아니라 신랑감과 내 딸은 자라온 환경이 달라서 그것이 마음에 걸려요. 다시 생각하라고 몇 번이나 타일러 보았지만, 딸은 막무가내입니다. 함께 있으면 마음이 편안한 상대라는 점 하나만 보고 결정한 것 같아요."

그는 속이 많이 상한 듯 술잔만 기울였다. 그러나 나는 한마디도 할 수 없었다. 자신과 어울리지 않는 상대를 향해 막무가내로 다가가는 딸에게 실망한 그의 심정이 절실하게 와닿았기 때문이다.

헌법에 의하면 결혼은 당사자간의 합의로 결정하는 것이지 부모의 느낌이 나설 곳은 없다. 하지만 아이를 낳기만 하고 방치하는 부모가 어디에 있을까. 자녀의 앞날을 예언할 수 있는 사람은 부모뿐이다.

그러나 편안해서 좋다든지 느낌이 맞는다는 식의 가벼운 근거로 결혼이라는 중대사를 결정하는 딸에게 듣는 약은 세상 어디에도 없다. 인생이 만만한 게 아니라는 것을 깨닫고 다시 시작할 때까지 기다리는 수밖에 없을 것이다. 다행인지 불행인지, 대학입시에서 재수가 자연스러운 일이 된 것처럼 여자의 이혼도 더이상 특이한 현상이 아니다. 그래도 세상은 아직 여자의 이혼에 차가운 편이지만.

하지만 신중하지 못한 결단을 내린 벌로 잠시 세상의 차가운 시선을 참는 사이에 딸은 모든 책임이 자신에게 있다는 사실을 깨닫게 될 것이다. 그것이 성장이다.

운 좋게 다음 상대를 만나면 좋고, 만일 만나지 못하면 혼자서 사는 것도 괜찮다. 그때는 혼자 산다고 해도, 역경을 헤쳐 나온 후이기 때문에 처음부터 혼자 사는 생활보다 틀림없이 흔들림 없는 삶이 될 것이다.

> 신혼여행 이혼이 늘고 있다고 한다. 이 말을 처음 들었을 때는 경박한 행동이라고 생각했다. 그러나 요즘에는 잘못된 선택이었다고 판단되면 다시 시작하는 것은 빠르면 빠를수록 차라리 더 낫다고 생각을 바꾸었다.

골치 아픈 일은 시간에 맡겨라

첫 책을 출판했을 때, 나는 도요타 자동차회사의 직원이었다. 처녀작 『직장의 군상』은 아이치 현에 있는 그 회사의 본사를 무대로 한 작품이다. 절대로 내가 몸담은 회사의 내부 비밀을 파헤치려던 것은 아니었고, 당시의 노사관계에서 흔들리는 직장남성의 애환을 그리고 싶었다.

그 무렵 나는 본사에서 지사로 전근한 지 얼마 안되어 친구는커녕 아는 사람도 하나 없는 처지였다. 그러다 보니 사람이 그리워 동인지 모임에 얼굴을 내밀기 시작했는데, 맨손으로 다닐 수는 없었다. 그렇다고 작품이라 부를 만한 것도 없었으므로 본사에 있을 때 써두었던 원고를 가져갔는데, 그것이 동인의 눈에 띄어 생각지도 못하게 출판을 하게 되었다.

처녀출판인데도 유명한 출판사에서 책을 내자는 꿈같은 소식이 왔다. 하지만 나는 출판사를 찾아가 완곡하게 사양했다.

이유는 자신의 회사를 무대로 한 글을 발표하는 것은 직원으로서 해서 안되는 행동이라 생각했기 때문이다. 근속 10년차인 나의 직장관이 그랬다. 좀더 솔직히 말하면, 이런 것을 출판해서 회사에서 쫓겨나면 어떡하나 하는 생각도 들었다.

어쨌든 용기를 내어 거절하러 간 나에게 편집부 중진들은 놀란 모양이었다. 그때 세 사람한테 충고를 들었는데, 지금 생각해 보면 정말 흥미로운 말이다.

"월급을 받는 직장을 소중하게 여긴다는 당신의 생각은 충분히 이해합니다."

나중에 문부 대신(우리 나라의 교육부 장관에 해당함)이 된 나가이 미치오 씨는 의외로 내 뜻에 동조해 준 사람이었다.

"자신의 사상에 충실해야 합니다."

이렇게 말해 준 사람은 철학자 쓰루미 슌스케 씨였다. 다시 말해 혼신을 기울여 쓴 것이라면 기회가 온 이상 겁먹지 말고 맞서야 한다는 것이다.

나중에 유명한 시사월간지 『중앙공론』의 편집장이 된 가시와야 가즈키 씨는 이렇게 충고해 주었다.

"매스컴은 냉혹한 곳이니 그만한 각오도 없다면 이 한 작품만 발표하고 그만두겠다는 생각으로 출판하면 되지 않을까요?"

그로부터 오랜 시간이 지났다. 그러나 나는 한 작품으로 끝내기는커녕 결국 이 길로 접어들어 살아가고 있다.

　세 사람의 충고를 지금 돌아보면 모두 적절한 것이어서 감사하지만, 당시에는 아무것도 귀에 들어오지 않았다. 혼자 과잉 흥분되어 누구의 의견도 건성으로 들었다.

　시간이 일을 해결해 준다는 점은 결혼도 마찬가지가 아닐까. 독신으로 살아온 지금, 그런 생각을 하고 있다.

혼자서도 기분 좋게 살아간다

싱글 라이프에 관한 재미있는 통계 2가지가 나왔다.

그중 하나는 만혼시대를 나타내는 숫자이다. 보건복지부의 조사에 의하면 일본인의 평균 초혼 연령이 남자는 29세, 여자는 26세이다. 이 숫자를 보고 문득 떠오른 것이 문화대혁명 무렵의 중국이다.

그 무렵 중국은 국책으로 결혼 연령을 높였다. 마오쩌둥 어록을 한 손에 들고 "남자는 30세, 여자는 26세까지 결혼을 미루고 학습에 정진해야 한다"고 자랑스레 말하던 홍위병의 모습이 떠올랐다. 하지만 학습은 핑계일 뿐, 인구가 더 늘어나는 것을 막기 위해 결혼을 담보로 한 것이 틀림없다.

우리의 경우는 만혼이 나라의 정책 탓은 아니지만, 고령화 사회에 만혼시대까지 더해지면 출생률이 점차 낮아져 나라가 망하는 것은 아닐까 하고 걱정하는 사람도 있다.

모든 일을 국가의 차원에서 생각하는 사람은 통계 숫자를 본 순간 나라의 앞날이 걱정되겠지만, 나처럼 행동반경 1km 정도에서 판단하는 사람은 자연스러운 과정이라고 받아들여진다. 남녀 모두 만혼을 선택한다면 그것도 나름대로 괜찮겠다는 생각이다. 남녀를 막론하고 혼자 사는 기간이 길면 길수록 위기에 강한 체질이 된다고 생각하기 때문이다.

다만 한 가지 신경 쓰이는 다른 통계가 있다. 내무부 조사에 따르면 독신여성이 부자라는 것이다. 독신남성에 비해 독신여성의 지출신장률은 10배라고 한다. 부유하다는 말을 들으면 기분 좋게 느껴지겠지만, 나는 이 숫자를 보고 내심 오싹했다. 내 눈에는 서글픈 숫자로 비쳐질 뿐이다.

사람이 대담하게 돈을 쓸 때는 자칫 마음을 제어할 수 없을 경우이다. 그것은 억제할 수 없을 정도로 기분 좋고 즐거워서일 수도 있겠지만, 반대로 더이상 자제할 수 없을 정도로 우울해서일 수도 있을 것이다. 독신여성이 에어로빅이나 수영, 데생 등에 돈을 쓰는 것을 나는 꼭 사치라고 보지는 않는다. 기분 전환을 하기에는 스포츠나 여행, 식도락, 쇼핑 등이 가장 손쉬운 방법이다.

요즘 나는 공연히 따분할 때 옷을 충동 구매하는 것으로 기분을 전환할 때가 종종 있다. 하지만 목표를 정해 놓고 꾹 참으며 저축에 몰두하던 이전의 자신을 되돌아보고, 억제하지 못하게 된 지금의 나를 경계하곤 한다. 예전과 달리 내가 대담하게 돈을 쓰는 것은 외로움이나 초조함 때문이 아닐까 하고 은근히 두려워하던 나로서는 내무부의 통계를 기분 좋게만 받아들일 수가 없다.

정말 충실한 싱글 라이프란 혼자서도 기분 좋게 살 수 있는 생활을 말하는 것은 아닐까.

내무부 조사에 따르면 독신여성이 부자라는 것이다. 독신남성에 비해 독신여성의 지출신장률은 10배라고 한다. 부유하다는 말을 들으면 기분 좋게 느껴지겠지만, 나는 이 숫자를 보고 내심 오싹했다. 내 눈에는 서글픈 숫자로 비쳐질 뿐이다.

현명한 선택을 하는 여자가 늘고 있다

나는 꽃을 좋아하여 일부러 꽃을 보러 여행을 다니기도 할 정도다. 1990년 여름의 일이다. 역시 오사카는 이벤트를 잘하는 곳이다. 이번 꽃박람회도 꽃과 첨단기술을 멋지게 조화시키고 있었다.

전력관에서는 디자이너 이시이 미키코 씨가 지금까지 해온 작업을 집대성하여 꽃피운 듯이 색의 조화와 조명을 이용해 환상적인 꽃밭을 펼쳐 보였고, 꽃관에는 북극과 남극의 식물까지 두루 갖춰져 있었다. 진짜 에델바이스를 본 것은 그때가 처음이었다.

그밖에 겐로쿠 시대(에도 시대 중기, 즉 1688~1704년을 말함)의 춤추는 종이인형과 각양 각색의 색종이로 만든 종이꽃도 아름다움을 뽐냈다. 하루 온종일 보고도 지루한 줄 모르고 밤늦게 심취하여 돌아올 수 있었던 것은 꽃의 다양한 이미지를 잘 살린 주최측의 노력 덕분이었을 것이다.

그런데 주최측에게는 과연 이 박람회가 어떤 의미를 가질지가 궁금했다. 또 정부와 기업에서 막대한 예산을 들였는데, 원금은 건질 수 있을까 하는 쓸데없는 걱정이 들었다. 그래서 물어 보니, 주최측의 한 사람이 대답했다.

"일찍이 산업기술을 도약적으로 발달시킨 것은 전쟁이었습니다."

아, 그렇구나. 박람회라는 이름의 「전쟁」을 통해 산업계는 아이디어를 개발하고, 기업의 한계를 뛰어넘는 시야와 인맥을 만드는구나. 어쩌면 꽃박람회가 시대의 흐름에 따라 생겼다고 볼 수도 있겠지만, 평화와 평등 속에서 결핍된 부분을 보완하려는 지혜에서 탄생한 것인지도 모른다.

그런데 스스로 생각해도 왕성한 취재의욕에 쓴웃음이 흘렀는데, 어느새 나는 안내 도우미에게 질문의 화살을 던지고 있었다. 핑크빛 유니폼을 입은 귀엽게 생긴 아가씨였다.

"젊어도 피곤하시죠?"

도우미는 생긋 웃으며 대답했다.

"저도 그렇게 젊지 않아요. 하지만 임시 수입을 얻기에는 딱 좋아요."

그녀는 대학을 졸업하고 지금은 미국의 한 대학에서 노인학을 공부하고 있다고 한다. 노인학에 눈을 돌린 것은 21세기를 앞서가는 것일 터이다. 학자금을 벌어서 다시 미국으로 돌아갈 거라고 아무렇지도 않게 말했는데, 나이를 물어 볼 기회를 놓쳤다. 하지만 그렇게 젊어 보이지만은 않아서, 만약 공부에 열중하는 사이에 결혼 적령기를 놓치면 독신으로 살게 될지도 모르는데 그래도 좋은지 물었다.

"평생 독신이요? 그건 싫어요. 하지만 지금은 특별하게 기대고 싶은 사람이 없어요."

그녀는 소리를 내어 웃으며 대답했다. 자신이 원하는 대로 인생을 살아가면서 두려워하는 마음도 없어 보인다.

생각해 보면 만국박람회부터 꽃박람회까지 정신없이 바빴던 20년이었지만, 사회와 여성 모두가 나름대로 현명하게 자리잡아 가고 있는 것처럼 보인다.

성공하든 실패하든 모두 내 책임

최근에 미묘한 사실을 깨달았다. 나는 지금까지 어떤 문제가 생겼을 때, 앞으로 나갈 것인지 물러설 것인지만 생각하였다. 좌우로 흔들린 적도 없었고, 주위에 신경을 쓴 적도 없었다. 싱글로 살아온 사람은 문제의 해결 역시 심플한 법이다.

나는 같은 분야보다는 오히려 분야가 다른 사람과 더 자주 어울리는 편인데, 이웃에 사는 여류작가와는 때때로 만나 식사를 함께 하기도 한다. 자기 주장이 강한 그녀의 이야기는 맺고 끊는 맛이 있어 듣기만 해도 통쾌하기 때문이다.

그런데 어느날 나는 그녀의 말끝에 눈이 휘둥그레졌다.

"그 판단이 틀림없다고 생각해. 남편도 그렇게 말했어."

그녀는 대수롭지 않게 말했지만 나는 큰 충격을 받고 말았다. 그녀처럼 자기 주장이 강한 사람조차 어떤 문제가 생겼을 때 남편의 동의를 구하는 것일까. 사이좋은 부부작가로 소문이

났을 정도이므로 일상적인 이야기를 하면서 서로 의견을 나누는 것은 당연할 것이다. 그러나 그때까지 나는 자기 주장이 강한 그녀의 입에서 "남편도 그렇게 말했다"는 말이 나올 리가 없다고 생각하고 있었다. '이것이 결혼을 한 사람과 안한 사람의 차이구나' 하고 나는 깨달았다.

돌이켜보면 나는 아무리 복잡한 문제를 안고 있어도 다른 사람과 의논한 적이 없었다. 아니, 그보다는 주위에 의논할 만한 상대가 없었다고 해두는 편이 나을 것이다. 어떤 문제가 생기면「그래 갈 때까지 가보자」는 맹렬한 기세로 앞으로 나가거나 신중한 자세로 뒷걸음질칠 수밖에 없어, 의논할 상대가 있든 없든 결과는 마찬가지였을 것이다.

그러므로 일이 잘되었을 경우에는 내가 선택을 잘했거나 열심히 노력한 덕분이다. 반대로 잘못되었을 경우에도 내가 잘못했거나 태만한 탓이라고 생각할 수밖에 없다. 이렇게 살아가는 동안에 내 인생은 단순 명쾌한 통나무가 되어 버린 것 같다.

내 인생은 섬세함이 결여된 통나무처럼 치밀하지 못한 선택만 거듭해 왔지만, 이렇게 결과의 책임이 모두 내 자신에게 있다는 사실만큼은 정말 공평하고도 산뜻한 기분이다.

성공하든 실패하든 누구에게도 책임을 미룰 수 없는 나의 처지가 내 입에서 한탄의 소리를 막아 버렸다. 솔직히 이런 점만 보아도 싱글 라이프는 절대로 나쁘지 않다고 생각한다.

슬플 때는 이불을 뒤집어쓰고 잔다

혼자 살면서 가장 불안한 것은 몸이 아플 때이다.

나는 거의 20년 전부터 집 근처 병원의 여의사와 친하게 지내고 있다. 그 병원은 산부인과 의사인 남편과 내과 의사인 아내가 함께 운영하는데, 규모가 작아서 예전에는 입원시설이 없었다. 그래서 심하게 아플 때도 진찰만 받고 돌아와 집에서 몸조리를 했다.

하지만 잠을 자다가도 식사 때가 되면 일어나서 직접 음식을 만들어야 했으므로 회복이 늦어지곤 했다. 또 안정을 취하려면 식사준비를 못해서 끼니를 걸러야 하니 아무리 시간이 흘러도 체력이 붙겠는가.

몸이 아픈 것은 혼자 사는 데 무엇보다 큰 적이다. 그러나 이제는 그 병원에 내과 병실 3개가 생겼다. 그러자 마치 기다리기라도 한 듯이 얼마 안되어 나는 감기로 고열이 생겼다. 곧장 온천여행이라도 가듯이 보스턴 백에 속옷을 챙겨 넣고 병원으로 갔다. 병실에는 목욕탕과 화장실이 있고, 머리맡에 전화도 있고, 보온병에는 끓는 물이 준비되어 있어서 흠잡을 데가 없었다.

더욱 좋았던 것은 식사시간이 되면 가정식 요리가 나왔다. 그런데 안타깝게도 나의 열은 이틀 만에 내려가 버렸다. 좀더 있고 싶다고 조를 수도 없어 뒤통수를 긁으면서 퇴원했지만, 나는 이때 새삼스레 사람의 몸에 대해 불가사의함을 느꼈다. 쾌적한 환경에서 기분 좋게 지내면 감기쯤은 이렇게 쉽게 낫는 것이라고. 그후부터는 몸이 아프면 돈에 연연하지 않고 비싼 병실을 이용하기로 결심했다.

구태여 한 가지 비밀을 더 밝힌다면, 독신생활이 비참하게 여겨지는 것은 어떤 일로 기쁨을 참지 못할 때이다. 아무리 기뻐도 한밤중에 혼자 펄쩍대고 뛰어다닐 수는 없지 않은가.

간혹 어떤 순진한 사람은 슬플 때 혼자 있는 것이 더욱 비참하지 않냐고 묻지만, 슬플 때의 대책은 의외로 간단하다.

하늘이 무너질 정도가 아닌 바에야 나는 슬플 때 무조건 이불을 뒤집어쓰고 자버린다. 이럴 때 듣는 위로의 말은 도리어 성가실 뿐 아무 소용이 없다. 내 주위에 아무도 없다는 것은 누구의 눈도 의식하지 않고 마음껏 「이불 속에서 있을 수 있다」는 장점과도 연결된다.

혼자 사는 사람에게는 다른 상식이 있다

이성을 잃고 흐트러진 모습을 보이는 것은 나쁜 일일까? 물론 보기에는 좋지 않겠지만, 나는 그런 감정적인 모습을 좋아한다.

이미 오래 된 이야기를 다시 들추는 것은 실례일지도 모르지만, 이야기가 나온 김에 해보겠다.

제2차 가이후 개각 때 2명의 여성장관 중 한 사람을 교체하려는 움직임이 있었다. 그 소식을 들은 모리야마 마유미 관방(官房, 일본 정부에 설치된 부처의 하나. 기밀사항 관리 및 문서접수 등의 사무를 관장함) 장관은 가이후 총리를 찾아가 왜 내가 밀려나느냐고 따졌다고 한다.

진상은 알 길이 없지만, 어쨌든 나는 그후에 모리야마 씨에게 친근감을 갖게 되었다. 남편이 급사하는 바람에 혼자 살고 있는 그녀가, 싱글 라이프로 살아온 나와 같은 방식으로 일을 처리하는 데 호감을 느꼈다고나 할까.

동시에 만약 그녀의 남편이 살아 있었다면 그녀는 남편의 처지를 배려하여 그렇게 행동하지 못했을지도 모른다고 생각하니 복잡한 마음이 되었다.

내가 아는 사람 중에는 매스컴에서 활약하는 아내를 지켜보면서 샐러리맨 생활을 계속하는 남편이 있다. 그가 적절한 말을 했다.

"아내의 일을 직접 도와줄 수는 없지만, 적어도 내가 곁에 있음으로써 아내가 보기 흉한 행동을 하지 않도록 막아 주고 있다고는 생각한다. 부부란 그런 의미에서 서로 속박과 견제가 되는 존재이다."

이런 것을 상식이라 하는 것이리라. 하지만 누구의 속박과 견제도 받지 않고 혼자 사는 사람에게는 다른 상식이 있다. 어떤 일을 처리할 때 기를 쓰고 억울한 사정을 호소하고 그 자리에서 해결하는 방식을 취한다.

꾸며낸 말이나 대책도 없이 맨손으로 승부를 가리는 태도는 지혜롭지 못하다고 말하는 사람도 있을 것이다. 그러나 혼자 사는 사람의 에너지는 1인분밖에 없기 때문에 다른 곳에 신경 쓸 여력이 없다.

신출내기 시절에 나는 큰 잡지사의 편집장에게 맞선 적이 있었다. 인터뷰를 의뢰받았다가 취소되었을 때의 일이다. 한창

혈기왕성한 때였으므로 일단 의뢰해 놓고 다시 취소하는 것은 무슨 경우냐고 나는 서슬이 퍼렇게 따졌다. 그러자 편집장도 지지 않았다.

"가끔은 탤런트를 인터뷰할 일이 생길지도 몰라요. 그래서 당신에게는 무리라 생각해서 바꾼 겁니다."

우리는 서로 언성을 높이고 싸우다가 헤어졌지만, 그 일이 계기가 되었는지 지금은 소중한 친구가 되었다.

문제가 생겼을 때 직접 부딪쳐 보고 나서 안되면 어쩔 수 없고, 잘되면 길은 열린다. 그런 방식으로 세상을 살아온 사람은 어려울 때 손을 내밀어 준 사람의 은혜를 평생 잊을 수 없다.

상식과 비상식은 종이 한 장 차이라고 한다. 그것을 인정해 준 사람이 있었기 때문에 나는 지금까지 당당하게 싱글 라이프로 살 수 있을 것이다.

어쩌면 결혼도 운명이 아닐까

독신생활의 친구는 뭐니뭐니해도 TV다. 능력의 한계를 느끼거나 찾아오는 사람이 없는 날에 TV를 보며 지낼 때가 많다.

언젠가 사쓰마 도자기의 본가를 소개하는 프로그램을 보았는데, 그곳의 주인이 한 말이 인상적이었다. 사쓰마 도자기는 이른바 조선출병(우리의 입장에서는 임진왜란) 때 일본에 건너온 한국인 도공에 의해 시작된 시마쓰의 가마이다.

이 프로그램에서는 주인이 조국인 한국의 남원으로 돌아가 묘지에 참배하는 모습을 보여주었다.

"우리 조상은 천운도 덧없이 이 땅을 떠나야 했지만, 묘소 앞에서 선인들을 생각하니 만감이 교차하고 가슴을 꽉 억누르는 것이 있습니다."

어떤 경위로 조국을 떠나게 되었는지 구구절절 늘어놓지 않고, 천운이 덧없다는 말로 문제를 산뜻하게 정리한 것에 나는 큰 감동을 받았다.

모든 일을 운명이라고 여길 수는 없지만, 이 세상은 사회과학의 이론에 따라 움직이지만은 않는다. 운명에 지배되는 부분이 있다는 것을 놓쳐서는 안될 것이다.

사회과학적으로 딱 잘라 말하면 책임의 소재나 은혜, 한의 대상은 명확해지겠지만, 그 대신 이 세상에는 사람의 힘으로 안되는 것도 있다는 겸허한 마음을 잊어버릴 수 있다.

내가 도쿄에서 독신생활을 시작한 것은 26세 때부터였다. 도쿄는 내가 태어난 고향인데도 그 당시에 나는 혼자 사는 것이 불안했다. 하지만 그로부터 몇십 년이 흘러 나는 여전히 혼자 살면서, 이제는 「세상에 무서울 것이 없다」고 호언하는 「아줌마」가 되어 있다. 이렇듯 시간은 사람을 단련시키는 것이다.

어쨌든 싱글 라이프로 살거나 더블 라이프로 사는 것도 운명에 지배되는 부분이 많다. 학교 친구 가운데 가장 먼저 결혼한 친구는 집안이 복잡한 아이였다. 그 친구는 집에서 나갈 수만 있다면 상대방은 누구라도 상관없다고 어느 정도 오기로 결혼했지만, 지금은 행복한 주부의 자리에 안주하고 있다.

또 성격이 아주 좋은 친구가 있었다. 장사를 하는 집안에서 자라서인지 누구와도 잘 어울렸으므로, 그녀의 주변은 언제나 사람들로 북적거렸다. 하지만 그녀는 지금도 독신이고, 최근에는 늙으신 부모님 대신 점포를 맡아 경영하고 있다.

일반적으로 가정환경이 평온하고 성격이 좋은 사람이 좋은 인연을 맺는다고 말을 하지만, 현실은 그와 반대로 가고 있는 듯하다.

결혼 적령기에 나는 이 세상의 운명을 그대로 다 믿을 마음이 손톱만큼도 없었다. 결혼이야말로 인생의 전환점이라 생각하여 막무가내로 매달려 볼까도 생각했고, 반대로 자립하려고 고집도 피워 보았다. 만일 그때 내게 운명에 몸을 맡기는 겸허함과 현명함이 있었다면, 적어도 필요 없는 초조감 때문에 발버둥치지는 않았을 것이고, 노력이라는 이름의 횡포에 매달리지도 않았을 것이다.

결혼도 어느 정도는 운명이라는 것이 요즘에 드는 생각이다.

좋지 않은 동반자라도 함께 가야 할까

"좋지 않은 동반자와 함께 가는 것보다 차라리 혼자 가는 게 낫다."

이 말은 TV의 한 인터뷰에서 카스트로 수상이 한 말인데, 원래 쿠바의 속담이라 한다. 동유럽에서 공산주의가 무너지던 무렵이었으니, 외로이 남은 카스트로 수상으로서는 이런 속담을 인용해서라도 허세를 부리고 싶었을 것이다.

물론 내 경우는 카스트로 수상과 사정이 다르지만, 나도 이 말에 동감한다. 어울리지 않는 사람을 받아들이는 것보다는 싱글 라이프가 좋다고 생각한다.

하지만 얼마 전 겪은 일로 나의 생각은 흔들리게 되었다.

최근에 부모를 실망시키는 결혼을 하는 딸이 늘어나고 있다고 하는데, 친구의 딸도 부모의 충고를 귀담아듣지 않고, 남자에게 달려갔다. 딸이 선택한 상대는 객관적으로 보아 절대 찬

성할 수 없는 남자였다. 딸은 어려서부터 영리했고, 그때까지 한 번도 부모의 뜻을 어긴 적이 없었기 때문에 친구 부부는 더욱 실망스러웠다. 하지만 딸이 마음을 바꾸지 않는 한 어쩔 수 없는 상황이었다.

나는 친구와 친구의 남편을 따로 만나 이야기를 들어 보았지만, 부모의 한숨 섞인 소리는 듣기에도 괴로웠다. 그토록 애지중지 키운 딸아이가 낭떠러지로 달려가는 것을 속수무책으로 보고만 있어야 하는 부모의 심정은 말로 표현할 수 없을 정도로 고통스러울 것이다.

친구의 남편은 "모든 게 내 책임이다"라고 말을 꺼내며, 지금까지 일에만 몰두하느라 딸과 가깝게 지내지 못했던 나날을 후회하였다. 한편 친구는 "딸을 잘못 키운 내 책임이므로 남편에게 미안하다"고 부끄러워했다. 그래서 나는 그것은 부모의 책임이 아니라 자식의 자질 탓이라고 위로했는데, 깜짝 놀랄 정도로 효과가 있었다.

하지만 이윽고 친구 부부의 말은 미묘하게 바뀌는 것이었다. 친구의 남편은 아내가 멍청해서 딸에게 무시당한 것이라고 부인을 탓하고, 친구는 남편이 조금만 더 가정에 관심을 가졌다면 이런 일은 생기지 않았을 것이라고 남편을 원망했다.

절망의 늪에 빠진 부부가 상대방을 힐난하는 것도 무리는 아닐 것이다. 은혼식까지 지낸 부부가 처음으로 서로의 정체를

직시한 것인지도 모른다. 그 순간 나는 걱정이 되었다. '설마 이혼을 하지는 않겠지.' 남편의 정년퇴직을 시점으로 헤어지는 부부가 많다는 이야기를 들어왔기 때문이다.

하지만 그때 친구는 쓴웃음을 지으며 상상하지도 못했던 명언을 토해냈다.

"이혼이라고? 말도 안돼. 부부란 한 쌍의 도구이기 때문에 서로 떨어지면 아무 소용이 없어."

그 한마디에 나는 고개를 떨구며, 역시 어떤 동반자가 되었든 간에 없는 것보다는 있는 편이 더 나을지도 모른다고 동요되었다.

같이 있는 것만으로도 행복한 존재

"무자식이 상팔자"라는 말이 있다. 이런 말이 예로부터 있어왔다는 것은, 지금도 마찬가지지만 예전에도 자식 때문에 눈물을 흘린 부모가 적지 않았다는 뜻이다.

요즘 혼자 사는 나를 부러워하는 사람이 늘어나고 있다. 그 이유는 자녀가 입시에 실패해서 울 일이 없기 때문이라는 것이다. 맞는 말이다. 자식이 없으니 입시에 실패한 자식 때문에 울 일이 있을 리가 있겠는가.

하지만 그것이 과연 부러움을 살 만한 일일까.

예전에 서로 성격을 잘 아는 동료에게 바보 같은 질문을 한 적이 있다. 그 동료 부부는 용모와 재능이 남다른 사람인데도 어린 고명딸은 솔직하게 말해서 못생겼다. 게다가 내가 만났을 때에 그 아이는 계단에서 굴러 떨어져 볼과 코에 찰과상을 입고 있었다.

"이런 애들은 이담에 크면 눈에 띄게 미인이 되지요."

주위 사람들은 이렇게 위로의 말을 하지만, 그 동료의 성격을 잘 알고 있는 나로서는 그런 입에 발린 소리를 할 수 없었다. 그래서 단도직입적으로 물어 보았다.

"부모 눈으로 보면, 이 아이도 예쁘게 보이나요?"

화를 내도 어쩔 수 없는 일이었다. 그런데 그는 아주 진지하게 이렇게 대답하는 것이 아닌가.

"아니, 예쁘고 아니고를 완전히 초월하지요. 부모에게 아이의 존재는 그저 곁에 있어 주는 것만으로도 족합니다. 그것만으로도 행복해지는 존재거든요."

그 말을 들은 나는 갑자기 쓸쓸한 기분이 들었다. 같이 있어 주는 것만으로도 행복해지는 존재를 나는 한 번도 갖지 못했기 때문이다.

아이가 귀여운 것은 기를 때뿐이고, 품안의 자식이라고 말하는 부모가 많다. 이런 시대에 자식에게 의지하지 않는다고 딱 잘라 말하는 사람도 있다. 아, 그러나 곁에 있어 주는 것만으로도 행복해질 정도로 악의가 없는 사랑의 대상이 있다니 얼마나 소중한 존재일까.

"언젠가는 시들어 버릴 나팔꽃이지만 매일 아침 물을 주는 마음을 소중하게 여기며 살고 싶다"고 한 어느 정치가의 말에 나는 큰 감동을 받은 적이 있다.

인생의 행복이나 기쁨은 이런 사소한 것에 숨어 있을 것이다. 어차피 아이는 부모 곁을 떠난다는 것을 알고 있으면서도 아이의 존재감만으로 행복한 시간을 가질 수 있다면, 그것이 인생의 기쁨이라고 하겠다.

하지만 그런 시간은 많이 있는 듯하면서도 결코 쉽게 얻을 수 있다고는 생각지 않는다. 그리고 혼자 살아가는 여자에게는 더욱 얻기 힘든 시간인지도 모른다.

곁에 있어 주는 것만으로도 행복해질 정도로 악의가 없는 사랑의 대상이 있다니 얼마나 소중한 존재일까.

"언젠가는 시들어 버릴 나팔꽃이지만 매일 아침 물을 주는 마음을 소중하게 여기며 살고 싶다"고 한 어느 정치가의 말에 나는 큰 감동을 받은 적이 있다.

센스 없는 사람이 싱글 라이프로 살다 보니

싱글 라이프에게는 선물을 받아서 기쁠 때와 그렇지 않을 때가 있다. 나는 꽃을 무척 좋아해서 꽃박람회만큼은 만사를 제쳐놓고 갈 정도이므로 꽃을 받으면 무척 즐겁다.

다만 가끔 난처할 때가 있다. 가령 여행 전날에 꽃 선물을 받으면 처리하기가 곤란하다. 언젠가 여행 직전에 멋진 장미꽃이 배달되었다. 나는 마음을 굳게 먹고 근처 꽃가게를 찾아가 사흘간만 이 꽃을 맡아 달라고 부탁하였다. 그리고 시들면 안되니 팔아도 된다고 말했지만 역시 프로인지라 사흘 후에는 맡겼을 때와 거의 다름없는 상태로 돌려받았다.

이런 낯두꺼운 부탁을 할 수 있었던 것은 상대방의 인품과 나의 평소 거래실적(?) 덕분이었을 것이다. 어쨌든 혼자 사는 사람에게 꽃은 기쁘지만 약간 번거로운 선물임에 틀림없다. 같은 이유로 많은 양의 생과자나 케이크도 혼자 사는 사람에게는 난

처한 선물 가운데 하나이다.

예전에 향수를 좋아하지만 남에게 선물받고 싶지는 않다고 말한 TV 프로듀서가 있었다. 자신이 좋아하는 향기는 따로 있는데, 타인의 취향을 강요받는 것은 괴롭기 때문이라고 조금은 델리킷한 이유를 들었던 이 여성도 독신이다.

나의 경우는 오로지 보존이라는 형이하학적인 이유에서였지만, 이 여성 프로듀서의 말은 많은 생각을 하게 한다.

그런 점에서 나는 남에게 선물을 줄 때 얼마나 센스가 없는지 스스로 질릴 정도이다. 친구와 함께 외국여행을 갔을 때, 우리는 마침 새로 건물을 지은 또 다른 친구를 위해 축하선물을 사기로 하였다. 그때 내가 제안한 것은 종이로 만든 테이블보였다. 일본에서는 볼 수 없는 독특한 모양의 테이블보를 보고 나는 한눈에 반해 버렸다.

하지만 친구는 질린 표정으로, 이런 것은 100개를 선물해도 신축 축하선물로 너무나 성의 없다고 야단이었다.

센스 없는 사람이 싱글 라이프로 살면서 아무래도 선물을 주고받는 세상의 관례에서 멀어진 모양이다. 요새에 갇혀서 살아온 사람의 피할 수 없는 모습일지도 모른다.

명절이나 세모를 허례 허식으로 치른다고 말도 많지만 한 발 물러난 위치에 있는 나는, 평범한 물건을 주고받으면서 살아가는 사람들의 균형감각에 압도될 때가 많다.

주부에서 싱글 라이프로, 싱글 라이프에서 주부로

화장실에 가려고 무심코 TV 앞을 지나치는데, 배우인 무라다 데쓰야 씨가 토크 프로에 나와 어린시절의 추억을 이야기하고 있었다. 마치 달관된 경지의 수필을 연상시키는 그의 말투에 이끌려 나는 잠시 멈춰 서서 귀를 기울였다.

데쓰야 씨는 어렸을 때 복숭아 통조림이 먹고 싶어서 어머니를 졸랐다고 한다. 그때만 해도 복숭아 통조림은 고급 식품에 속하였다. 하지만 어머니는 한마디로 딱 잘랐다고 한다.

"할머니가 돌아가시면……."

이윽고 물 대신 복숭아 통조림의 단물을 입안에 문 채 할머니가 돌아가시고, 남은 것을 부모와 형제 등 7명의 가족이 나누어 먹었는데 그때의 달고 씁쓰레한 맛을 지금도 잊을 수가 없다는 것이다.

또, 크리스마스가 되면 바로 옆에 사는 친구 집에는 잘도 찾아오는 산타클로스가 어찌 된 일인지 담뱃가게를 하는 자기 집 5남매의 베갯머리에는 한 번도 찾아오지 않았다. 그래서 어머니에게 물었더니 이번에도 단 한마디로 잘라 말했다고 한다.

"우리는 기독교 집안이 아니잖아."

중년이 된 데쓰야 씨는 담담하게 이야기를 마무리지었다.

"연필 한 자루라도 놓아 주면 될 일을 그렇게 하지 않았던 것은, 어머니가 거기까지 마음 쓸 여유가 없을 정도로 생활에 짓눌려 있었기 때문이었겠지요."

처음 그의 말을 들었을 때는 그의 어머니가 미망인일 것이라고 생각했는데, 나중에 아버지 얘기가 나온 것을 보니 그의 가정은 부모님이 모두 있는 보통 가정이다. 그런데 나는 데쓰야 씨의 얘기를 들으면서 좀 다른 생각에 빠져 있었다. 그의 어머니는 아마 독신으로 살았어도 아주 잘살 수 있는 사람이었을 것이다.

드물기는 하지만 이처럼 남편에게 의지하거나 기대지 않고 독창적인 페이스로 살아가는 주부도 있다. 데쓰야 씨의 아버지는 몇 년 전에 돌아가서 지금 그의 어머니는 싱글 라이프로 평온하게 잘사신다고 한다. 혼자서 살아갈 수 있는 여성이 결혼해서 가정을 훌륭하게 꾸려온 경우, 자녀들은 아버지와 어머니에게서 별개의 인생 철학을 흠뻑 흡수할 것이다.

그러면 반대의 경우는 어떨까. 즉, 혼자서 살아온 여성이 주부의 자리에 앉을 경우에도 본인에게나 주위 사람들에게 좋은 결과를 가져올 수 있을까.

이런 생각을 하면서 나는 비로소 TV 앞을 떠나 화장실로 갔다. 그런데 평소와 뭔가 달랐다. 순간 신경이 날카로워졌는지 슬리퍼의 위치가 평소와 다르다고 생각되었다. 손님이 화장실을 쓰고 돌아간 후였다. 혼자서 살아온 사람은 슬리퍼의 위치마저도 이렇게 신경 쓰는 버릇이 드는 것이다.

주부에서 싱글 라이프로 어렵지 않게 옮겨가는 사람이 있다고 해서, 그 반대 경우도 쉽다고 생각하는 것은 무리가 아닐까.

나는 비로소 TV 앞을 떠나 화장실로 갔다. 그런데 평소와 뭔가 달랐다. 순간 신경이 날카로워졌는지 슬리퍼의 위치가 평소와 다르다고 생각되었다. 손님이 화장실을 쓰고 돌아간 후였다. 혼자서 살아온 사람은 슬리퍼의 위치마저도 이렇게 신경 쓰는 버릇이 드는 것이다.

자연의 순리를 거역한 것은 어느 쪽인가

이른바 결혼 적령기 때 어머니는 내게 끊임없이 결혼을 권하셨다. 하지만 나름대로 꿈과 이상을 가지고 있었던 나는 주위의 강압 때문에 결혼으로 내몰리는 것은 비참한 일이라 생각하여 어머니 말씀을 거역했다.

그때만 해도 아직 전쟁의 흔적이 채 사라지지 않아 결혼이란 생활 그 자체였으며, 대부분의 여성이 자신의 꿈보다는 살아가는 수단으로서 결혼을 선택해야만 하는 상황이었다. 그러므로 내가 결혼을 거부한 것은 그런 상황에서 자신을 잃지 않으려는 본능적인 경계심 때문이었을 것이다.

그러나 그런 생각을 부모님에게 말씀드리지는 못하고, 왜 결혼 적령기가 되면 누구나 결혼하지 않으면 안되는지 반론을 폈다. 그러자 어머니는 잠시 생각에 잠기더니 대답하셨다.

"여자가 계속하여 혼자 살면 세상 사람들이 업신여기기 때문이지."

　그래서 나는 20대의 지혜를 총동원해서, 그러면 업신여김을 당하지 않는 사람이 되면 괜찮은지 물었다. 그러자 어머니는 이렇게 고쳐 말씀하셨다.

　"자연을 거스르지 않고 사는 게 좋으니까."

　말문이 막혀서 하신 말씀이었겠지만, 이제 와서 나는 어머니의 그 말씀 때문에 괴로워하고 있다.

　분명히 어머니의 말씀에는 함축성이 있다. 그후의 인생에서 나는 '아, 이것이 자연의 순리를 거역한 벌이구나' 하고 몇 번이나 멈칫한 적이 있었다. 대자연 속에서 모래알보다도 작은 인간이 내세우는 자기 주장을 돌이켜보면, 그 여파는 반드시 자신에게 돌아온다.

　그렇다면 그때 순조롭게 결혼생활로 들어간 친구들은 자연의 순리를 거역하지 않고 잘살고 있다고 할 수 있을까.

　실은 얼마 전, 30여 년 만에 친구가 보낸 편지를 받고 무척 놀랐다. 정년 퇴직한 남편을 따라 외딴 산촌에서 살게 된 후 몸과 마음이 편치 않아 괴롭다는 내용이었다. 그러나 주소가 적혀 있지 않아 답장을 할 수도 없었다.

　언젠가 그 친구가 자연식을 계몽하기 위해 유기농 야채를 판매하러 다니느라 동분서주한다는 말을 들었는데, 지금 살고 있는 곳은 그런 활동을 할 만한 곳도 아닌 모양이었다. 또 2명의 자녀가 모두 성인이 되었다는데, 도시에 살면서 부모를 잘 찾지 않는 듯했다. 그 친구는 일찍 결혼한 것에 비해서는 자녀수가 적었는데, 그것은 아마도 당시의 사회 분위기 때문이었을 것이다.

여기까지 생각이 미치자 갑자기 한 가지 떠오르는 것이 있었다. 자연식을 계몽하는 것도 좋지만, 그녀가 의식적으로 자녀의 숫자를 제한하여 2명만 낳았다면 아주 기본적인 것부터 자연의 순리를 거역한 셈이 아닌가.

수력 발전에서 원자력 발전으로 들어선 시대에 자연에만 의지해서는 살아갈 수 없기 때문에 그녀를 힐난할 생각은 없다. 하지만 어떤 죄든지 벌이 동반되는 것은 당연한 이치다.

나의 싱글 라이프나 그녀의 더블 라이프나 모두 자연의 순리를 거역한 것인 만큼 벌을 각오하지 않으면 안될 것이다.

"여자가 계속하여 혼자 살면 세상 사람들이 업신여기기 때문이지."
그래서 나는 20대의 지혜를 총동원해서, 그러면 업신여김을 당하지 않는 사람이 되면 괜찮은지 물었다. 그러자 어머니는 이렇게 고쳐 말씀하셨다.
"자연을 거스르지 않고 사는 게 좋으니까."

「금가족권」이 통하지 말란 법이 있나

「금연권」이라는 말이 처음 나왔을 때는 좀 심한 처사라고 생각하는 사람도 많았는데, 지금은 당연한 권리가 되었다. 비행기나 기차에서도 흡연자와 비흡연자를 철저하게 구분해 좌석을 지정하고 있다. 그와 마찬가지로 「싱글 라이프 권리」도 인정되어야 하지 않을까.

혼자 사는 사람에게는 해마다 3번 괴로운 시절이 있다. 명절 연휴와 연말 연시이다. 온 세상이 가족적인 무드에 취하는 동안 혼자 사는 사람은 잠자코 불편을 감수하지 않으면 안된다.

언젠가 도심의 유명한 호텔에서 이런 광고물을 보냈다.

연말 연시를 호텔에서 보내지 않으시겠습니까? 마음껏 즐기실 수 있는 프로그램을 많이 준비해 두었습니다.

늘 명절 음식이나 떡도 없는 설날을 보내던 나는 호기심에

이끌려 바로 전화로 신청을 했다. 그런데 상냥한 목소리로 전화를 받던 담당직원이 느닷없이 이렇게 묻는 것이 아닌가.

"가족은 모두 몇 분이십니까?"

그것만이면 그나마 다행이었다. 내가 혼자라고 대답하자 그 사람은 잠시 할말을 잃는 게 아닌가. 하지만 할말을 잃어야 하는 건 오히려 이쪽이었다. 나중에 얘기를 들어 보니 준비된 프로그램 안에는 온 가족이 다 함께 떡을 만들 수 있는 코스 등이 들어 있다고 한다. 나는 평소와 달리 기가 죽어서 전화를 끊었다.

연휴가 되면 TV까지도 온통 가족을 위한 프로그램 일색이다. 아이들 위주의 프로그램도 늘어난다. 하지만 골프에도 취미가 없고, 여행의 즐거움도 모르면서 한낮에 혼자 TV를 보는 여자를 대상으로 한 프로그램은 전혀 기획되지 않는다.「금연권」이 통할 정도의 세상이면「금가족권」이 통하지 말라는 법도 없지 않은가.

이런 상황에서 최근의 신칸센(도쿄와 오사카 간의 고속철도) 차량은 고맙기 그지없다. 식당칸이 따로 없는 열차에는 작은 플라스틱 박스에 음식이 담겨져 있다. 그중에서 초밥 몇 개에 케이크, 치즈와 크래커를 곁들인 1인분 식사와 콘 샐러드를 선택하면, 어른 한 명이 만족스럽게 식사를 즐길 수 있다. 어른이나 아이나 접시 하나씩 들고 뷔페식으로 취향에 따라서 음식을 고르는 모습을 보면서, 나는 풍요로운 인생은 여기에서 시작되는 것이라고 혼자 흥에 겨워 감개무량해졌다.

아아, 그러나 완전히 이 열차의 팬이 되어 버린 내가 음식을 조금 많이 사기라도 하면, 카운터의 천진스러운 아가씨가 반드시 묻는다.

"젓가락은 몇 벌 드릴까요?"

한 벌이라고 대답하는 나의 목소리는 아마도 날카로울 것이다.

「금연권」이라는 말이 처음 나왔을 때는 좀 심한 처사라고 생각하는 사람도 많았는데, 지금은 당연한 권리가 되었다. 이와 마찬가지로 「싱글 라이프 권리」도 인정되어야 하지 않을가.

「금연권」이 통할 세상이면 「금가족권」이 통하지 말라는 법도 없지 않은가.

죽을 때는 누구나 혼자다

21세기에는 노령 인구가 더욱 늘어난다고 한다. 그도 그럴 것이다. 출생률이 낮아지고, 평균수명이 길어지는 이상 당연한 이야기이다. 수선을 피울 일도 아닐 것이다.

그런데 TV 다큐멘터리에서 〈치매노인의 실태〉 등이 몇 차례나 방영되는 데는 화가 치민다. 골든 아워에는 포르노 방송을 삼가듯이, 치매노인의 다큐멘터리는 노인이 잠을 자는 심야에 방송해야 한다.

만년을 혼자서 지내시다 돌아가신 아버지가 응접실에서 혼자 〈치매노인의 실태〉 같은 TV 프로그램을 쓸쓸히 보고 계시던 모습을 떠올리면 지금도 가슴이 저며온다.

"아버지는 정정하시니까 저렇게는 안되실 거예요."

"그래."

어색하게 위로하는 내게 아버지가 일부러 밝게 대답하신 일도 생각할수록 괴롭다. 그런 다큐멘터리를 방송하는 제작자는 어쩌면 내일 당장 자신도 그렇게 될지 모른다는 생각은 해봤을까. 또, 그 프로그램을 보는 노인의 심정을 조금이라도 헤아려 봤을까.

2000년에는 65세 이상의 노인이 전체 인구의 16%를 웃돈다고 하지만, 상황은 한꺼번에 돌변하는 것이 아니므로 노인대책은 되도록이면 눈에 띄지 않게 부드럽게 진행하는 것이 노인에 대한 배려일 것이다.

내가 왜 이토록 고령화 사회에 대한 정책을 꼬집는가 하면, 사람의 생각은 늘 바뀌게 마련이므로 지금 아무리 좋다고 생각하여 기획한 일이더라도 장래에 얼마나 의미를 가질까 하는 미덥지 않은 생각 때문이다.

30대에 나는 어떤 일을 시작할 때 할 수 있는지, 없는지만 보고 그 일에 착수하였다. 즉, 시간과 자금의 여유를 중요한 판단기준으로 삼고 돌격하였다.

그러다 40대에는 손익을 계산했고, 50대에 들어서부터는 의미 있는 일인지를 생각하게 되었다. 이렇게 가다가는 뜻밖에도 감동적인지의 여부를 따지게 될지도 모른다. 젊었을 때는 상상도 하지 못했던 판단기준이다.

또, 예전에 나는 기꺼이 TV에 출연하였다. 하지만 요즘은 흥미를 잃어 1년에 그 횟수를 손으로 꼽을 정도이다. 부모님이 돌아가시면서 출연 횟수가 줄어든 것을 보면 그때까지는 시골에 계시는 부모님께 보여 드리려고 출연한 것이라는 생각이 든다.

나이와 상황에 따라 사람의 관심과 생각은 얼마나 쉽게 바뀌는지를 나는 잘 알고 있다. 그래서 더욱더 그런 노후대책에 별로 의미를 두지 못하는 것이다.

혼자 사는 사람의 마지막을 생각하면 나 역시 불안해지지만, 결국은 사람들에게 에워싸여 죽느냐, 혼자 죽느냐의 차이일 뿐이지 않을까. 그렇게 생각하면 마음이 가벼워진다. 당사자에게는 어느 쪽이든 큰 차이가 없을 테니까.

2 싱글 라이프의 룰 정하기

인생에 늘 복병이 따라다니게 마련이지만,
싱글 라이프인 나의 인생에 일반론으로는
예측할 수 없는 복병이 숨어 있을지도 모른다는 생각에
때때로 오싹해질 때가 있다.
싱글 라이프에는 싱글 라이프만의 룰이 있다.

복식 부기가 필요 없는 심플한 삶

　돈을 제대로 쓰는 사람과 요령 없이 쓰는 사람으로 나눈다면 나는 요령 없이 쓰는 사람 쪽일 것이다. 아니면 일정한 범주에서 벗어나 있다고 해야 할지도 모른다. 별나게 구두쇠는 아니지만 필요한 지출 이외에는 돈을 쓰지 않고 살아왔다.

　하지만 최근 들어 나 자신의 금전감각을 냉정하게 평가해 보기 시작했다. 돈을 제대로 쓰는 쪽에 점수를 많이 주고 싶은 것이다. 오랫동안 필요한 지출 이외에는 돈을 쓰지 않는다는 철칙을 지켜왔지만, 몇 년 전부터 필요할 때는 아낌없이 쓰는 새로운 경향을 보이고 있다. 노선이 바뀐 것은 아니지만 결과로 보면 차이가 크다.

　예를 들면 취재를 나설 때 나는 국내외를 막론하고 경비는 모두 자비를 원칙으로 한다. 이유는 아주 단순하다. 내가 지불하면 그만큼 취재에 힘이 더 들어가기 때문이다.

해외취재를 할 경우에는 기겁할 정도의 지출 때문에 일단 주춤하게 되지만 항공권 등 거금의 비용이 지불될 때의 긴장감은 취재의욕을 높이기에 더없이 좋다. 즉, 이만큼 취재비를 들였으니 무슨 일이 있어도 좋은 결과를 얻지 않으면 안된다는 계산이 머릿속에서 분주하게 돌아다닐 것이다. 「그럴 것」이라고 마치 남의 일처럼 표현했지만, 의식하지 못하는 사이에 긴장이 넘치는 것을 그렇게밖에는 표현할 수가 없다.

현지에 도착해서부터는 오랫동안 살며 키워온 성격이 그대로 드러난다. 불필요한 지출은 아예 삼가고 웬만해서는 호텔 레스토랑 등을 이용하지 않는다. 예를 들어 미국 서부 쪽이면 일본인 거리에 가서 주먹밥을 사가지고 방으로 돌아와서 혼자 TV를 보며 먹는다. 다행스러운 것은 이것이 나의 평소 생활과 거의 다름없어서 나는 그대로 내 페이스를 지키는 셈이므로 오히려 안정이 된다.

1990년에는 베를린에 갔다. 1989년 가을에 베를린 장벽이 무너졌을 때 곧장 가보고 싶었지만 그 와중에도 나중에 화폐가 통일된 뒤의 상황이 더 흥미진진할 것 같아서 미루고 있었다. 물론 취재와는 관계 없는 여행이다. 어느샌가 나는 이런 여행에도 돈을 아끼지 않게 되었다.

그런 나에게 이렇게 말한 사람이 있었다.

"혼자 사는 사람은 맘 편해서 좋겠네."

분명 나에게는 가족의 일원으로서 지출의 균형을 생각해야 하는 복식 부기가 필요 없다. 그저 계산기를 두드리며 나의 장부만 맞추면 되는 것이다. 베를린에 가고 싶은 생각이 들면 당장 출발할 수도 있는 편한 처지임에 틀림없다.

싱글 라이프와 더블 라이프의 행복과 불행을 한마디로 단정 짓는 것은 어렵지만, 어느 쪽이든 시간이 판정해 준다는 점만은 공통되지 않을까.

> 분명 나에게는 가족의 일원으로서 지출의 균형을 생각해야 하는 복식 부기가 필요 없다. 그저 계산기를 두드리며 나의 장부만 맞추면 된다. 베를린에 가고 싶은 생각이 들면 당장 출발할 수 있는 편한 처지임에 틀림없다.

일생의 보배, 친구를 소중히 한다

나에게는 낡고 오래 된 아주 작은 수첩이 하나 있다. 초등학
교 시절부터 지금까지 사회생활을 하면서 서로의 우정을 나누
어 온 친구들의 전화번호가 기록되어 있는 수첩으로, 나에게는
둘도 없는 소중한 재산이라 할 만하다.

그런데 서른을 전후로 소위 「결혼 적령기」를 넘으면서부터
연락은커녕 수첩의 한 귀퉁이만 채우고 있는 이름들이 점점 늘
어나기 시작했다.

학창시절, 하루만 보지 못해도 부모 형제보다 더 애틋해 하
고 그리워하던 얼굴들이었건만, 이제는 연락이 끊겨도 애써 찾
으려 노력조차 하지 않는다. 혹, 연락이 되더라도 싱글 라이프
와 더블 라이프라는 거리감 때문인지 서로 대화의 공통을 찾지
못해 결국 만남을 회피하게 되었다.

물론 이렇게 되기까지는 무엇보다 나의 잘못이 크다. 언제부

턴가 동창회나 이러저러한 친구들의 모임에 나가는 걸 슬금슬
금 피하기 시작한 것이다. 이유는 단 하나, (결혼한) 그들과 (독신
인) 내가 나눌 공통의 대화가 없다는 것이었다.

동성일 경우에는 결혼한 시댁 얘기부터 시작하여 자식과 남
편 얘기로 싱글 라이프인 내가 함께할 여지를 주지 않았고, 함
께한다고 해도 "결혼도 안한 네가 어떻게 이해하겠니"라며 슬
그머니 대화에서 제외시키곤 했다. 이성이라고 예외는 아니었
다. 동성보다는 덜하지만, 그들 역시 한 가족의 멤버이자 가장
이라는 울타리를 벗어나지 못했다.

그러나 서로 다른 환경에서 살기 때문에 마음을 주고받을 수
없다는 것은 얼마나 큰 서글품인가. 진정 자신을 사랑하는 싱
글 라이프라면 더블 라이프보다 더 마음의 문을 활짝 열어야
할 것이다. 대개 모든 것을 혼자 해결하며 살아야 하는 독신자
는 폐쇄적 성격이 될 가능성이 크기 때문이다.

이러한 현상은 독신자를 보는 사회의 눈이 아직도 보수적인
탓도 크지만, 더욱 긴장된 삶을 살아야 하는 싱글 라이프만의
독특한 자기 방어에서 비롯된 것인지도 모른다. 하지만 독신이
기 때문에 결혼한 사람보다 친구에게 더 많은 관심을 보일 수
있고, 사랑과 여유를 더 많이 누릴 수 있다는 특권을 잊지 말아
야 한다.

때로 친구는 가족 이상의 위로와 기쁨이 되어 준다. 가족에

게는 도저히 할 수 없는 괴로운 얘기도 친구에게는 모두 털어 놓을 수 있다. 또한 가족처럼 혈연으로 연결되어 끊으려야 끊을 수 없는 운명적인 관계가 아니기 때문에 마음도 한결 가뿐하다. 대화가 통하고 서로 존중할 수 있는 친구 두세 명이 있는 싱글 라이프라면, 그녀는 더이상 혼자가 아닌 셈이다.

특히 싱글 라이프에게 이성친구와의 우정은 삶의 윤활유와 같은 역할을 한다. 흔히 이성과는 친구가 될 수 없다거나, 결혼을 전제로 하고 만나야 한다는 강박관념 때문에 「속 깊은 이성친구」를 놓친다면 그것만큼 안타까운 일은 없을 것이다. 더구나 이성간에는 무의식중에 서로를 존중하는 태도가 있기 때문에, 동성보다도 이성친구와 더 깊은 우정을 나누는 경우를 나는 여러 번 보아왔다.

나의 남자친구는 거의가 더블 라이프인데, 그들 또한 마음을 나눌 수 있는 이성친구를 간절히 원하고 있었다. 그들에게 싱글 라이프인 나는 부담 없는 편안한 친구가 될 수 있었기 때문에, 나는 꽤 괜찮은 남자친구를 여럿 거느리는(?) 즐거움까지 함께하고 있다.

이렇듯, 우정을 나누는 데 독신자라는 조건이 결코 장애가 될 수 없다. 오히려 싱글 라이프야말로 보다 많은 사람과 좋은 인연을 누릴 여유와 자유로움으로 가득 찬 삶이 아닌가.

싱글 라이프는 어떤 부분에 민감할까

몇 년 전에 내 묘지를 만들어 두었다. 아직 한 번도 보러 가지 않았지만 멀리 산이 보이는 경치 좋은 장소라고 한다.

영구히 보존이 가능하다는 납골당의 팜플렛을 보고 주저없이 신청하였다. 「주저없이」라는 것은 혼자 사는 사람들의 특징이다.

타이밍만 좋으면 주부들은 가끔 방문하는 세일즈맨에게 기분 좋게 이렇게 말한다.

"마침 하나 사려던 참이었어요."

그때 내 심경이 그와 비슷하였다. 팜플렛에는 그림과 함께 정중하게 "보통 사람에게 이 정도면 충분합니다"라고 적혀 있었다.

또 묘비에는 내 대표작의 이름을 새겨도 좋다고 하면서, 친절하게 "고쳐 새길 수 없으니 묘비명은 신중하게"라는 말을 덧

붙여 놓았다.

하지만 유감스럽게도 내 작품명은『생체해부』,『살아남은 사람들』,『남겨진 아내』 등 묘비명과는 어울릴 만한 것이 없었다.

납골당을 예약해 두니 한 가지 큰일을 마친 기분이 들었다. 일가붙이가 전혀 없어 묘지까지 미리 준비해야 하는 처지도 아니면서 이렇게까지 한 까닭은 일종의 습관 때문이다. 언제나 필요한 물건을 스스로 갖추고 살아온 나는 사후에 대해서도 최소한의 처리만은 해두어야 안심이 된다.

고향에는 나와 말이 잘 통하는 막내 남동생이 있다. 그 동생에게 납골당 이야기를 했다.

"누님, 그런 것까지 걱정하지 말아요. 만약 그런 일이 생겨도 내가 있는데……."

남동생은 말끝을 흐리며 안쓰러워했다. 그래서 나는 조금 시간을 두고 이번에는 동생의 아내를 전화로 찾았다. 그녀도 겉으로는 밝은 목소리를 냈지만 심성이 고운 사람이다. 내가 이야기를 마치자 그녀는 받아치듯이 이렇게 말했다.

"납골당은 그렇다 치고 거기에 넣을 때까지의 일은 어쩌죠? 누군가 트럭 편으로라도 시신을 이쪽으로 옮겨다 주면 제가 화장터까지는 옮길 수 있지만……."

전화기를 든 채로 나는 잠시 말문이 막혔다가 그후에 눈물이

날 정도로 이리저리 구르며 웃었다.

　그 말에서 그녀 나름의 배려를 느꼈기 때문이다. 그리고 혼
자 사는 사람은 이런 배려에 대단히 민감하다.

자신이 납득할 수 있는 삶을 선택하라

얼마 전 미국 국무성의 초청을 받아서 처음 미국에 갔다. 자유기고가로서 미국 전역을 마음껏 돌아다니며 견문을 넓히라는 조건으로 아무 제약도 없었던 편안한 여행이었다. 미국이란 나라의 대범함을 보여주는 제도일 것이다.

통역을 맡아 준 사람은 일본 유학생으로 거의 2개월간에 걸친 미국 전역의 여행에 동행해 주었다. 그녀는 나보다 6세가 어린 상당한 미인이었는데, 출신 학교를 물었더니 모두가 부러워하는 명문 학교였다.

여행을 하면서 서로 친해지자 나는 미국에서 박사를 취득하려고 한다는 그녀에게 귀국을 권유하였다. 박사는 앞으로 언제든지 딸 수 있지만 결혼 적령기는 지금뿐이다, 그러니 지금이 아니면 할 수 없는 결혼을 우선해야 한다고 역설한 것이다. 34세 여성이 28세 여성에게 나름대로 진심 어린 충고를 한 것이었다.

　들리는 소문에 의하면 그녀는 얼마 후 예정을 바꿔 귀국한 뒤 취직했다고 한다. 설마 내 권유로 그렇게 한 것은 아니겠지? 결혼은 했을까, 박사는 땄을까? 나는 궁금했지만 그후의 소식은 통 알 수 없었다.

　오랫동안 잊고 지내던 그녀를 다시 떠올린 것은 베를린 여행이 계기였다. 동베를린에서 일본 해외지사에 근무하는 여성을 알게 된 것이다. 그녀는 원래 영어실력이 뛰어났는데, 독일계 회사에 17년간 근무하면서 독일어도 마스터했고 그것을 기반으로 바다를 건너왔다고 한다.

　그녀는 쾌활하게 웃으며 말했다.

　"앞으로 국력이 커질 나라라는 생각도 들었고 역사의 태동기에 관심도 있어서 왔어요."

　동베를린 현지는 급격한 변화에 갈피를 못 잡는 듯 비즈니스 준비가 제대로 갖추어지지 않은 것이 자주 눈에 띄었다. 전화를 예로 들면, 고장이 나서 통화되지 않는 경우가 비일비재했다. 그런 상황에서도 이미 많은 기업에서 남보다 먼저 사업기회를 잡으려고 유능한 인재들을 파견하였다. 17년의 커리어를 발휘하려고 뛰어든 그녀의 눈빛은 반짝반짝 빛나고 있었다.

　남녀노소를 불문하고 공통되는 행복의 조건은 자신이 납득할 수 있는 삶을 선택하는 것이 아닐까. 그러기 위해서는 언제 어디서든 탄탄한 실력이 전제조건이 된다. 개인적인 사정은 모르지만 먼 이국에서 혼자 살면서 만족스러운 표정을 짓고 있는 그녀에게 나는 압도될 뿐이다. 떠들썩한 항간의 남녀 평등론을 비웃듯이 실력파는 조용히 커가고 있고, 이것을 받아들이는 상황도 자연스럽게 열리고 있다.

이 세상은 꽤 살 만하다고 생각하면서 나는 예전에 어리숙한 충고를 했던 기억을 떠올렸다. 남의 인생에 「감 나라 대추 나라」 한 어쭙잖은 충고는 아니었을까……

성에 대한 관심은 자신에 대한 관심이다

영화 〈여인의 향기〉에서 남자 주인공인 알 파치노가 한 대사 중에 아직까지 기억나는 말이 있다. 「남성이 여성에게 더이상의 호기심을 잃었을 때, 그는 남자로서는 물론이고 한 인간으로서의 삶도 끝이다」라고. 어찌 남성뿐이겠는가. 여성이 남성에게, 남성이 여성에게 호감을 갖는 것은 지극히 자연스러운 감정이며, 삶을 풍요롭고 아름답게 하는 중요한 요소이다.

그런데 이상하게도, 우리 사회는 여성이 남성에게 호감을 내보이면 「교양 없는 여성」으로 오해받기 일쑤다. 그러나 여성이 남성에게, 남성이 여성에게 호감을 갖는다는 것은 지극히 자연스러운 모습이며, 동성으로부터 느끼는 호감과는 분명한 차이가 있다. 이성에 관한 남다른 감정은 「성적 호기심」을 전제로 하지 않고서는 불가능하기 때문이다.

그래서 호감을 느끼는 이성을 만나게 되면 사랑의 감정과 더

불어 자연스럽게 성관계로 이어지고, 나아가 서로간의 사랑과
성을 합법적으로 보장받기 위해 결혼이라는 제도를 선택하기
도 한다.

그렇다면 싱글 라이프는 인간의 본능이라 할 수 있는 성적인
욕구를 어떻게 해소해야 할까. 싱글 라이프는 결혼 전까지 성
적 욕구를 참아야만 할 것인가. 물론 난센스다. 성적 결합만을
위해 결혼을 하는 것은 아니기 때문이다.

앙케트 조사에 의하면 대부분의 싱글 라이프는 성적 욕구를
해결하기 위해 자위행위나 성관계를 선택한다고 한다. 나 역시
독신자이기 전에 한 인간인지라, 누군가 그립거나 외로움을 느
낄 때면 함께 사랑을 나눌 이성을 찾게 된다. 이러한 감정의 흐
름은 지극히 자연스런 현상일 뿐 아니라 인간만이 누릴 수 있
는 아름다운 감성일 것이다.

그래서 나는 나의 이러한 감정을 애써 참거나 감추려 하지
않는다. 성적인 부분을 억압하는 것은 우선 나 스스로에게도
이롭지 않을뿐더러 누구로부터 지탄받을 일도 아닌, 자연스런
생리현상이기 때문이다.

물론 자신의 성적인 욕구를 해소하기 위해 상대를 대상화하
는 것은 피해야 한다. 이를 위해서는 무엇보다 나의 이러한 인
간적인 면을 존중해 주고 이해해 주는 이성을 만날 수 있도록
스스로 노력해야 할 것이다. 그래야 마음에 맞는 이성을 만났

을 때, 마침내 마음의 문이 활짝 열리고 성관계 역시 한쪽에서 일방적으로 강요하지 않아도 자연스럽게 이루어질 것이다. 성을 나누었다고 결혼을 해야 한다는 구시대적인 발상은 절대 사양하자.

성에 대한 관심은 바로 자신과 타인에 대한 관심이다. 그만큼 성과 사랑은 인생을 풍요롭게 하는 역할을 하고 있다. 일정한 발정기가 있는 동물과는 달리 언제 어느 때고 성욕을 느낄 수 있는 인간은 그런 점에서 선택받은 존재일지도 모른다. 문제는 성욕이 아니라, 동물적인 본능과 사랑이라는 감정을 얼마나 자연스럽게 조절하느냐에 달려 있는 것이다.

땅값과 여성의 지위에는 필연이 있다

땅값이 끊임없이 문제가 되고 있다. 땅값이 너무 비싼 것은 곤란하지만 물가란 나름대로 배경이 있어서 결정된다. 땅값이 비싼 것은 그만큼 가치가 있기 때문일 것이다. 그러니 땅값을 내리려는 노력은 중요하지만 그런다고 쉽게 내려지는 것은 아닐 것이다.

여성의 지위에 대해서도 마찬가지라고 생각한다. 지위를 올리려고 노력하는 사람들이 있는 것은 고마운 일이지만 지위라는 것이 말로 부르짖어서 올라가는 것은 아니다. 그 옛날 인류가 강의 하류 삼각주에 모여 살기 시작한 것처럼 세상사 모든 일은 나름대로의 배경과 필연에 따라 결정된다.

노동부 여성국장에 남성이 취임하게 되었을 때 나는 여성의 지위가 올라간 것을 실감하고 기뻐하였다. 오랫동안 여성이 독점하는 지위라는 것은 오히려 부자연스럽고 무리가 있다고 생

각했기 때문이다. 이 부서에 남자도 취임할 수 있다고 입증된
것이 매우 평등하다고 생각되었다.

하지만 야당의 여성의원들은 남성국장의 취임에 대하여 단
체로 비난했다고 한다. 그 뉴스를 듣고 나는 맥이 빠져 버렸다.
이런 행동은 여성의 지위향상에 역효과를 가져올 뿐이다.

나는 여성의 지위향상을 부르짖는 운동에 참가해 본 적은 없
지만 나보다 더 절실히 원하는 사람은 없을 것이라고 생각한
다. 여성이라는, 그것도 독신의 몸이라는 이유로 사회에서 신
용을 얻지 못하고 얼마나 불편을 감수했는지를 열거하라면 끝
이 없을 것이다.

예를 들어 부동산 거래 때의 일이다. 처음 집을 산 것은 35세
때였는데 인감을 들고 들떠서 계약하러 간 나에게 부동산업자
가 속삭였다.

"적어도 한 사람이라도 직장에 다니는 남자를 동행하시면
좋겠는데요. 입회만이라도 좋으니……."

여자 혼자라서 집을 파는 상대방에게 불안감을 줄 수 있기
때문이라는 것이다. 그런 어처구니없는 말을 듣고도 나는 입을
다물어 버렸다. 그럴 것이라는 생각이 들었기 때문이다.

집을 팔려는 사람은 병든 부인과 함께 지방으로 내려가는 남
자였다. 집과 직장을 버리고 바야흐로 인생의 전환기를 맞이한
사람의 눈에 여자 한 사람을 상대로 한 거래가 얼마나 신뢰를

줄 수 있겠는가.

가족이 있는 가장이 입회한다고 별나게 안심되는 것도 아니겠지만 일반적으로 한 가정의 가장은 아이의 학교 문제나 근무처, 이웃과의 교제 등이 얽혀 있어 무책임하게 도망치지 못한다. 이에 반해 자유 직업을 가진 혼자 사는 여자의 경우는 일단 유사시에 돈의 조달이 어려워져 달아나 버려도 스스로에 대한 부끄러움만 참고 견디면 되는 것이다.

우습게 보지 말라고 말하고 싶은 것을 애써 눌러 참으며 나는 세상의 필연 앞에서 고개를 숙였다. 이후부터는 무슨 일이건 목청을 높이기보다 배경의 정비가 우선이라는 사실을 명심하고 있다.

싱글 라이프와 부모님 모시기

「노인복지」란 참으로 무책임한 말이다. 꽤나 노인의 행복을 생각해 주는 듯한 여운이 있지만, 각자 자기의 부모를 어떻게 모시는지가 중요한 게 아닐까. 그런데 최근에는 부모 모시는 것은 안중에도 없이 노인복지만을 말하는 경향이 있다.

심한 말이라는 비난을 들을 각오를 하고 무리하게 말하자면, 전근으로 부모를 모실 수 없게 된다면 직장을 그만두면 그만이라고 생각한다.

또, 고부간의 사이가 나빠 함께 살기 힘든 경우에는 두말 할 것도 없이 며느리 쪽이 양보해야 한다고 생각한다. 왜냐하면 강한 쪽에서 양보하는 것이 지성적인 행동이기 때문이다. 고령 사회에서는 60대의 자식이 80대의 부모를 모실 수밖에 없다고 걱정하는 사람이 있지만 그게 무슨 걱정인가.

이렇게 미움을 살 만한 말을 골라 하는 것은 부모님이 돌아가시고 난 후에야 나는 그분들이 이 세상에서 가장 소중한 존재였음을 깨달았기 때문이다. 물론 생전에 부모님을 무시했다고는 생각하지 않지만, 부모님이 연로해진 것과 내가 일에 몰두하게 된 시점이 공교롭게 같았던 것이 불행이었다.

부모님을 걱정하면서도 일을 우선시하고 있을 즈음 부모님은 이 세상을 떠나 버린 것이다. 그리고 지금 부모님의 만년을 만족할 만큼 행복하게 해드리지 못했던 내 가슴에는 부모님보다 우선시할 정도로 「나」라는 인간이 하는 일에 가치가 있었을까 하는 회한만 남았다.

노인의 봉양이 절대로 쉬운 일이 아니라는 점은 인정한다. 나 자신도 뇌졸중을 앓으시던 아버지를 침대에 묶어 둔 경험이 있기 때문이다. 그렇다고 어떻게 그럴 수 있냐고 하는 것은 제3자의 헛소리이다. 아마 그렇게 하지 않았으면 모시던 내가 쓰러졌을 것이다.

한 사람의 노인을 모시기 위해서는 한 사람의 건장한 인간이 전 인생을 걸지 않으면 안된다. 단적으로 말해서 마지막으로 의지가 되는 것은 혈육이 아니면 불가능하다. 그렇기 때문에 일을 한다는 이유로 부모님에게 최선을 다하지 않은 것을 이제서야 나는 절실하게 후회하고 있는 것이다.

그때 나의 일과 인생을 잠시 접고 헌신적으로 부모님을 모셨더라면, 부모님이나 나나 귀중한 인생의 한때를 보낼 수 있었을 텐데…….

일을 할 수 있을 동안에는 일에 몰두하다가, 부모의 병구완을 해야 할 때에는 모든 것을 팽개치고 병구완을 하는 것은 독신자만 할 수 있는 특권이라고 말하는 사람이 있다. 그렇다면 부모의 임종을 지켜보기 위한 싱글 라이프도 꽤 괜찮은 삶이라고 생각된다. 가까운 육친을 위해 이 세상의 마지막을 지켜봐주는 일은 어설프게 일을 하는 것보다 훨씬 훌륭하다고 생각하기 때문이다.

아프리카의 굶어 죽는 어린이에게 사랑의 손길을 펼치는 것도 좋지만 힘이 다한 자신의 부모에게 제대로 손을 뻗치지도 않으면서 자원봉사 자격증을 따서 어쩌겠다는 것일까?

마음껏 아플 수 있는 자의 권리, 싱글 라이프

사회생활을 하면서 알게 된 K라는 후배가 있다. 2번의 결혼을 모두 실패한, 소위 「이혼녀」라는 이름을 당당하게 받아들이는 씩씩한 여성이다. 나 역시 그녀의 건강한 모습에 이끌려 허물없이 지내는 막역한 사이가 되었다.

그런데 2~3일에 한 번 꼴로 잊지 않고 안부전화를 해오던 K로부터 일주일 동안 연락이 없었다. 별일은 없겠지, 하면서도 내심 불안해진 나는 연락이 끊긴 지 열흘이 지나서야 K가 사는 아파트로 직접 찾아가게 되었다.

예상대로 그녀는 일주일 내내 심한 감기 몸살을 앓아, 내가 찾아갔을 때에야 겨우 몸을 움직일 수 있는 정도였다. K가 앓고 있는 것도 모르고 열흘 동안 전화조차 하지 않은 나에 대한 죄책감과 자신의 건강을 돌보지 않은 K에 대한 분노로 나는 그녀의 방에 들어서자마자 잔소리를 늘어놓고 말았다.

그런데 뜻밖에도 K는 홀쭉하게 야윈 얼굴에 수줍은 웃음을
지으며 이렇게 말하는 게 아닌가.

"언니, 혼자 사니까 내 마음대로 실컷 아플 수 있어 너무 좋
은 거 있지?"

나는 K의 뚱딴지 같은 말에 할말을 잃고 그게 무슨 소리냐
며 다시 한번 그녀를 나무랐다. 그러자 그녀의 고백은 이렇게
이어졌다.

"사실, 나 결혼하고 살았을 때는 남편한테 아파도 아프다는
말도 못했거든. 근데 지금은 남편 눈치 보지 않고도 마음껏 아
플 수 있으니까, 몸은 아파도 오히려 마음은 더 편해."

K의 말을 듣는 순간, 유난히 가부장적인 성질이 강한 남편
때문에 마음 고생을 해야 했던 그녀의 결혼생활이 떠올라 가슴
이 메어왔다. 그러나 나의 이러한 측은지심과는 달리 그녀는
이혼 후에도 어느 누구보다 당당하게 자신의 삶을 받아들였다.
즉, 결혼과 이혼 모두 그녀 자신이 선택한 것이기 때문에 절대
후회하지 않는다는 것이었다.

사실 싱글 라이프의 경우 몸이 아플 때 더 많은 외로움을 느
낀다. 그래서 몸이 아프면 독신생활을 잘 해오던 사람도 결혼
이라는 것을 생각한다고 한다. 그러나 결혼이 결코 인생의 피
난처는 아니기 때문에 결혼생활에도 나름의 기쁨과 좌절이 있
게 마련이다. 문제는 자기가 처해 있는 환경에 좌절하지 않고

보다 긍정적인 태도로 자신의 삶을 어떻게 개척하느냐에 달려 있다.

K의 말처럼 결혼을 한 여자의 경우, 몸이 아프면 가족을 위해서 하루라도 빨리 몸을 추슬러야 한다는 의지가 생기는 것처럼, 독신자는 또 나름대로 누구의 눈치도 보지 않고 실컷 앓은 후에 개운한 마음으로 일어설 수 있는 것이다.

늘 자신의 삶에 당당한 사랑스런 K!「육체적 아픔」조차 당당하게 받아들이는 그녀를 보고 있노라면, 싱글 라이프의 건강 비법은 바로 자신을 사랑하는 데서 비롯되는 것이 아닌가 하는 생각이 든다.

싱글 라이프에서 오는 결핍증

식도락가들이 왕성하게 활동할 시즌이라고 한다. TV에서도 유명한 음식점의 맛있는 음식이 많이 소개되고 있다. 젊은 탤런트는 맛을 소개할 때「끝내 준다」라는 표현밖에 하지 못하는데, 얼마 전 연륜 있는 여배우가 나오는 방송을 보니 역시 구사하는 표현이 달랐다. 음식이 조리된 상태까지 그대로 전해지며 실감이 났다.

나도 식도락을 즐기는 편이었지만, 어느날 문득 한 가지 사실을 깨닫게 된 후부터는 좀처럼 가지 않고 있다.

사소한 부분까지 세심하게 신경을 써주는 음식점에서 요리를 맛보는 기쁨은 가려운 곳을 긁어 주는 듯한 친절한 배려를 받는 데서 느끼게 된다는 것을 깨달았기 때문이다. 바꿔 말하면 그런 접대를 바라고 찾아간다는 것은 그만큼 인정에 굶주린 탓이리라.

싱글 라이프의 편견일지도 모르지만 그렇게 생각하면 식도락을 위해 외출하기 전에 잠시 망설이게 된다. 일부러 손이 많이 가는 요리를 먹겠다고 외출하는 것은 심신에 피로가 쌓인 탓이 아닐까 하고 삐딱하게 생각되는 것이다.

"미식은 문화"라고 말하는 사람도 있지만 꼭 그렇다고만은 할 수 없다. 그렇다고 정성을 쏟아 배려해 준 사람의 마음을 부정하려는 것은 절대로 아니다. 가려운 곳을 긁어 준다는 것은 말할 수 없이 묘한 느낌으로 이럴 때 사람은 사람을 믿게 된다.

선물에 대해서도 같은 식으로 말할 수 있을 것이다. 나에게 남의 수고에 대해 배려하는 마음이 부족하다고 느낄 때는 선물을 고를 때이다. 하지만 가족의 마음을 늘 배려해 온 주부 중에는 깜짝 놀랄 정도로 따뜻한 마음이 담긴 선물을 고르는 사람이 많다.

오래 된 이야기이지만, 받고 나서 정말 기뻤던 선물이 있다. 도둑을 맞았던 다음날이었다. 한잠도 못 자고 날이 밝았는데 전부터 약속했던 강연회를 취소할 수도 없어 강연장으로 나갔다. 그런데 조간 신문에서 나의 재난을 알게 된 주최측 여직원이 내 앞에 따뜻한 밥그릇을 내밀었다.

"아무것도 드시지 못했지요?"

일시에 긴장이 풀리면서 나는 밥그릇을 끌어안았다.

어느 해 가을, 지방 어느 도시에서 문화 강연회를 연 적이 있었다. 돌아오는 길에 나이 지긋한 한 주부가 그 고장에는 명물이 없다며 밤송이가 달린 밤나무 가지와 억새 다발 한 아름을 안겨 준 것도 잊을 수 없다.

바로 얼마 전 오랜만에 친구를 만났는데 다시 만난 기쁨으로 그녀가 준 것은 한 꾸러미의 고춧가루였다. 쏴 하고 코를 쏘는 매캐한 냄새를 맡을 때마다 나는 자기 위주로만 살아오면서 결핍된 부분을 새록새록 느끼고 있다.

> 오랜만에 친구를 만났는데 다시 만난 기쁨으로 그녀가 준 것은 한 꾸러미의 고춧가루였다. 쏴 하고 코를 쏘는 매캐한 냄새를 맡을 때마다 나는 자기 위주로만 살아오면서 결핍된 부분을 새록새록 느끼고 있다.

머리 끝에서 발끝까지 긴장하며 산다

여름에 유럽을 돌아다녀 보고 새삼스럽게 일본이 발전하게 된 근거를 생각해 보았다. 분명히 일본은 외국에서 시기할 만큼 발전했지만 그들도 시기만 할 것이 아니라 한번쯤 생각해 보아야 하지 않을까. 한창 관광 시즌인데도 유럽 주요 도시의 대부분의 상가는 철시한 상태였다.

성수기에 여유 있게 한 달여나 바캉스를 가면서 일본을 시기하는 것은 말이 안된다. 일본의 상점은 사시사철 변함 없이 하루하루에 승부를 걸고 점포를 운영하고 있다.

나의 단골 미용실은 전철로 2구간 거리에 있다. 나와 거의 동년배인 여주인은 오로지 그 일만 하며 살아오다 30대 후반에 결혼하였다.

"결혼하자는 사람은 많았는데 어쩐지 모두들 내가 버는 돈에 기대려는 것처럼 생각되어 결심할 수 없었어요. 지금의 남

편은 믿음직스럽지는 못해도 나를 속이지는 않을 거라고 여겨
져서 결혼했지요. 게다가 어머니가 돌아가셔서 힘들어하고 있
을 때였고……. 만약 어머니가 살아 계셨으면 결혼하지 않았을
거예요.”

그녀는 결혼 당시의 심경을 이렇게 이야기했다. 싱글 라이프
인 나는 그녀의 심정이 가슴아프도록 이해되었다.

나이를 먹으면서부터는 어느 정도의 저금과 애견만 있으면
된다고 말하는 사람도 있지만, 독신여성이 온몸을 던져 일하는
시기에는 몰두할 수 있는 일과 마음의 기둥인 부모만 있으면
된다. 그때 세상 밖에 갖은 액운이 도사리고 있는 것은 남자나
여자나 마찬가지이다.

언제 등뒤에서 불운이 덮칠지 모른다고 발끝까지 긴장하며
살아온 그녀는 부모를 잃은 슬픔에서 발을 뺄 수 있어 다행이
라고 생각하면서 욕심을 버리고 마음이 편안해질 상대를 선택
했음에 틀림없다.

그녀의 솜씨를 믿고 찾아오는 손님은 모두 10여 년 이상 된
단골뿐이다. 건강하고 재기발랄한 그녀는 최근에 지점을 낼 준
비를 했다.

때마침 오래 된 단골 손님이 자택의 일부를 점포로 개조하여
노후 자금에 쓸 생각으로 그녀에게 공동 경영을 하자고 제의하
였다. 건물주인 그 주부는 점포 경영에 관해 아무것도 모르므

로 점포만 제공하고 나머지는 간섭하지 않는다는 조건이었으므로, 그녀도 좋은 생각이라고 동의했다. 하지만 건물주의 말 한마디로 그 이야기는 없었던 것이 되었다.

"우리 주부에게는 저금이 있고 언젠가는 연금도 받을 테니, 공동 경영하는 점포가 돈을 벌지 못해도 좋아요. 마음 편하게 합시다."

미용사는 그 말을 들은 순간 그 자리에서 그만두겠노라고 말을 꺼냈다. 돈을 벌지 않아도 좋은 장사의 이미지가 그려지지 않았고 갑자기 자신감도 잃었다는 것이다.

"아니, 비유하자면 그렇다는 거예요."

건물주는 부정을 했지만 이미 늦었다. 싱글 라이프인 나에게는 이번에도 그녀의 심정이 지나치리만큼 이해되었다.

외로움은 싱글 라이프의 특권, 「자유」로 해결한다

글을 쓰면서 알게 된 J라는 후배 작가가 있다. 그녀는 결혼에 실패해 지금은 조그마한 아파트에서 혼자 사는 30대 초반의 젊은 여성이다. 그런데 늘 그녀가 입에 달고 다니는 말이 있다. 「외로워 죽겠다」라는 말이 바로 그것이다.

듣다 못한 내가 그렇게 혼자 사는 것에 자신이 없으면 재혼을 생각해 보라고 몇 번이나 권유해 보았지만 한 번 실패를 경험한 탓인지, 선뜻 결혼할 용기를 내지 못했다.

물론 결혼을 한다고 인간의 외로움이 해결되는 것은 아니다. 그러나 늘 가족에게 둘러싸여 있고 자신의 고민을 함께 나눌 상대가 있기에 외로움을 해결할 수 있는 가능성이 싱글 라이프보다는 상대적으로 더 많이 열려져 있다고 할 수 있다.

특히 J와 같이 「외로움」을 두려워하고 즐길 자신이 없는 사람이라면 독신생활을 하루라도 빨리 정리할 것을 진심으로 권하고 싶다. 이유는 단 하나, 외로움을 즐길 수 있는 자만이 싱글 라이프를 풍요롭고 자유롭게 누릴 자격이 있기 때문이다.

비록 「외로움」이라는 아킬레스건을 안고 사는 사람이 독신자이지만 반대로 「자유」를 안고 사는 사람 역시 독신자이다. 그것은 싱글 라이프에서 오는 시간적 여유와 자신감이 있기에 가능하다.

한 예로, 어딘가 훌쩍 여행을 떠나고 싶을 때 독신자는 자신의 발목을 잡아당기는 자식이나 남편이 없기에 훨씬 자유롭게 움직일 수 있다. 내가 세계 곳곳을 취재하며 글을 쓸 수 있는 것도 바로 싱글 라이프이기에 가능한 것처럼 말이다.

또한 독신자는 일상과 현실에 떠밀려, 관심은 있었지만 뒤로 미뤄 두었던 예술분야나 취미생활에 언제 어느 때고 흠뻑 젖어 볼 수 있는 삶의 여유가 있다. 이런 것도 외로움을 잊고 삶을 즐기는 하나의 방법이 될 수 있을 것이다.

이처럼 싱글 라이프에 대한 두려움을 버리고 자신을 위해 기꺼이 투자할 준비가 되어 있는 사람이라면 외로움에서 오는 고통은 충분히 극복할 수 있다. 아니 오히려 외로움을 적극적으로 수용, 자신의 삶을 되돌아보는 시간으로 활용한다면 외로움만큼 인생의 큰 보약은 없을 것이다.

이제 외로움은 싱글 라이프에게 절대 숙명의 고통이 아니다. 외로움을 극복할 수 있는 방법은 의외로 많다. 특히 독신자의

경우 자신의 노력 여하에 따라 외로움이 삶의 활력소가 될 가
능성도 크게 열려져 있다.

외로움이 찾아오기 이전에 혼자 있는 시간을 적극적으로 활
용하자. 외로움은 결코 피할 수 없는 고통이 아니다. 그것은 독
신자의 특권인 「자유」로 해결하라. 외로움은 결과적으로 더
행복한 시간을, 더 충실한 인생을 가져다 줄 수도 있다.

*며칠 전에 J로부터 서로 마음이 맞는 남성을 만나 데이트하
고 있다는 소식을 들었다. 이 글을 통해 축하의 인사와 함께 외
로움에서 벗어나 행복한 순간으로 이어지길 진심으로 기원한
다.

> 이제 외로움은 싱글 라이프에게 절대 숙명의 고통이 아니다. 외로움을 극복할 수
> 있는 방법은 의외로 많다. 특히 독신자의 경우 자신의 노력 여하에 따라 외로움이
> 삶의 활력소가 될 가능성도 크게 열려져 있다.

싱글 라이프의 유산은 누구에게 상속할까

땅값은 과연 떨어질까? 아니, 그보다는 사람들은 정말 내리기를 바라고 있을까? 손바닥만한 토지가 "팔면 몇억이 된다"는 말에 은근히 의지하며 살아가는 사람이 의외로 많다는 생각에 걱정이 된다.

솔직히 말하면 누구나 일반적인 땅값은 내리고 자기 명의의 땅값은 내리지 않기를 바랄 것이다. 실은 나도 얼마 안되지만 땅을 가지고 있는데 예외 없이 땅값에 대해서 내 멋대로 이상을 품고 있다.

혼자인 사람이 대개 그렇듯이 나에게는 특정한 상속 대상이 없다. 그래서 내가 죽은 후에 현재의 땅값이 유지될 수 있다면 나의 유산은 모두 의지할 곳 없는 노인을 보살피는 사람들을 위한 성금으로 내려고 한다.

그러나 여기까지 생각하고 나는 언제나 멈칫한다. '그런 사람을 어떻게 선택하면 좋을까' 하고.

최근 고령사회를 다룬 TV 프로그램 등에서 침대에 묶여 지내는 노인의 모습을 자주 보게 된다. 간병인의 일손이 부족하다는 것을 호소하는 장면에 주로 나오는데, 대부분의 시청자는 '아아, 가엾기도 해라' 하고 눈시울을 붉히며 동정할 게 틀림없다. 하지만 나는 우습게도 그 장면을 볼 때마다 한숨 돌리며 쉴 수 있었던 때가 생각난다.

이미 밝혔듯이 나에게도 늙으신 아버지를 묶어 둔 경험이 있지만, 아버지를 남의 손에 맡기지 않고 딸인 내가 묶는다는 것을 위안으로 삼았다.

뇌혈관 계통의 질병을 가진 노인은 한밤중에 난폭해지는 경우가 많다고 하는데, 아버지도 예외가 아니었다. 만일 내가 아버지를 밤새 자유롭게 해두고 보살폈다면 그 다음날은 간호를 할 수 없었을 것이다. 묶이기 싫어하는 아버지의 양손과 양발을 묶어 두고 잠에 빠지는 내 모습이 남들 눈에는 어떻게 비쳤는지 모르지만 나로서는 최선을 다하였다.

성격이 온화한 여성이 있었다. 그녀는 집에서 노모를 간병하고 있었는데, 어느날 나는 예고 없이 그녀의 집을 방문하게 되었다. 그런데 그녀는 평소의 단아하던 모습은 간데없고 노모에게 마구 화를 내고 있었다. 평소와 다른 사람처럼 눈을 치켜 뜬 그녀는 흥분이 채 가라앉지 않은 표정으로 나에게 분을 참지 못하고 털어놓았다.

"이것 좀 보세요. 나 참 어이가 없어서. 지금 막 밥 먹은 걸 치웠는데, 버럭 화를 내면서 먹지 않았다고 소리치잖아요."

그 난폭한 모습에서 나는 딸인 그녀의 슬픔을 느꼈다. 옆에서 노모가 실쭉 웃고 있던 모습도 잊을 수 없다. 노모는 마치 딸이 화내는 것을 즐기는 것처럼 보였다. 노인을 간호하는 일은 겉보기만으로 판단할 수 있는 일이 아니다.

그런 일이 있은 후 나는 얼마 안되는 유산을 보람 있게 쓰려면 우선 노인을 제대로 돌보는 것이 어떤 것인지를 간파하는 힘부터 길러야겠다고 생각하였다.

혼자인 사람이 대개 그렇듯이 나에게는 특정한 상속 대상이 없다. 그래서 내가 죽은 후에 현재의 땅값이 유지될 수 있다면 나의 유산은 모두 의지할 곳 없는 노인을 보살피는 사람들을 위한 성금으로 내려고 한다.

싱글 라이프는 언제 콤플렉스를 느끼나

　모교란 졸업한 학교를 가리키는데, 어렸을 때 공무원이었던 아버지를 따라 전국 각지의 학교로 전학을 다닌 나에게 모교는 얼마든지 있다.

　도쿄의 나가다 구에 가면 나는 언제나 자민당 당사 앞에서 멈춰 선다. 자민당에는 볼일도 없고 아는 사람도 없지만 그 앞에 있는 나가다 초등학교가 내 모교이기 때문이다.

　나는 새 가방을 메고 가슴에 손수건을 달고 그 학교에 입학했다. 일본에서 철근 콘크리트로 지은 첫번째 초등학교라고 들었는데, 그 덕택인지 전쟁중에도 무사할 수 있었고 지금도 그때의 모습이 그대로 남아 있다.

　당시 우리는 일주일에 한 번씩 돌아가면서 학교 앞에 나란히 서서 「영빈관으로 들어가는 황태자를 전송하는 일」을 하였다. 말할 것도 없이 황태자는 지금의 천황이다.

차가 지나갈 때까지 머리를 들면 안된다는 엄명이 있었지만 될 성 부른 나무는 떡잎 때부터 뻔뻔해서 나는 고개를 살짝 들어 차를 힐끗 본 적이 있었다. 그렇지만 애석하게도 차창에 닿을락 말락 하얀 모자만 보였을 뿐이었다.

1990년에 즉위식을 한 천황이 어렸을 때 일이다. 이리하여 나가다 초등학교는 나에게 수십 년 전의 추억 속으로 거슬러 올라가게 해주는 것이다.

얼마 전에 나라의 정창원(奈良 正倉院, 나라 시대에 세워진 절인 동대사의 보물을 보관하던 창고. 한국의 삼국시대를 비롯한 여러 나라의 물품이 보관되어 있어 한·일 역사와도 관련이 깊은 곳)에 들렀을 때도 똑같은 느낌을 맛보았다. 도쿄에서 나라여대부속 초등학교로 전학한 나는 일주일에 한 번씩 본교 강당에 강의를 들으러 가곤 했다. 정창원을 둘러보다가 문득 예전의 일이 생각나서 부근을 산책하는데 눈앞에 그때 모습 그대로인 초등학교가 나타났다. 정면에서 보이는 현관의 색깔과 모양도 그때 그대로였다.

순간적으로 나는 행복했던 초등학교 시절로 돌아가 가족들의 웃는 얼굴과 그리운 친구들, 나를 귀여워해 주시던 선생님들을 떠올렸다. 물론 교사는 현대 건축물로 바뀌어 있었지만 정문과 현관을 그 시절 그대로 남겨 둔 것이 나에게는 커다란 위로가 되었다. 그 덕택에 나는 얻기 어려운 감동을 맛볼 수 있었다.

　가끔 친구의 아이들을 만나 갓난아기였던 아이가 어느새 결혼 적령기를 맞는 것을 지켜보곤 한다. 평소에 가정을 갖지 않고 살아온 것에 대해 후회해 본 적은 없었지만 싱글 라이프로 살아온 것에 콤플렉스를 느끼는 것은 이런 때이다.

　그렇다고 오래 된 건축물을 무작정 보존하자는 것은 아니지만, 시대와 가정이 쉬지 않고 변해 가는 속에서 그래도 변하지 않고 그대로 남아 있는 마을이나 건물을 보고 위안받는 사람이 있다는 것을 알아주었으면 한다.

가끔 친구의 아이들을 만나 갓난아기였던 아이가 어느새 결혼 적령기를 맞는 것을 지켜보곤 한다. 평소에 가정을 갖지 않고 살아온 것에 대해 후회해 본 적은 없었지만 싱글 라이프로 살아온 것에 콤플렉스를 느끼는 것은 이런 때이다.

경제력, 당당한 노후생활을 위한 필수 조건

언젠가 도쿄에서 조금 떨어진 한적하고 조용한 소도시에서 지낼 때의 일이다. 그 마을에는 아들 셋 모두를 훌륭하게 키워 마을 사람들의 부러움을 한몸에 받는 할머니가 계셨다.

그런데 이 할머니에게 아들 복은 있어도 며느리 복은 없었는지 큰며느리와 둘째 며느리를 먼저 저 세상으로 떠나 보내고 말았다. 결국 할머니는 어머니 없이 세상에 남겨진 손자, 손녀를 위해 새 며느리를 받아들였고, 며느리를 잃은 아픔은 어느 정도 진정되어 가는 듯했다.

그러나 할머니의 불행은 바로 새 며느리를 들이면서부터 시작되었다. 새 며느리를 맞이하고 얼마 되지 않아 할머니의 방은 부엌 옆에 있는, 햇빛도 제대로 들지 않는 골방으로 옮겨졌고 새 며느리는 아들만 집에 없으면 할머니를 구박하기 시작한 것이다.

심지어 할머니가 드시는 식사조차 아까워해 할머니는 끼니를 거르는 날이 점점 많아졌다. 보다 못한 몇몇 마을 분들이 할머니에게 아들 식구들을 분가시키고 혼자 사실 것을 권했지만, 이미 모든 경제권이 며느리에게 넘겨진 후의 일이었다.

한평생 먹지도 쓰지도 않고 모은 돈은 고스란히 세 아들의 학비로, 그리고 손자들을 위해 따로 저축해 놓은 것마저 모두 며느리 손에 넘어가 할머니는 그야말로 아무것도 가진 게 없는 빈털터리가 되고 만 것이다. 그렇게 몇 년 동안 마음 고생을 하시던 할머니는 덜컥 중풍이라는 병까지 앓게 되어, 결국 쓸쓸하게 눈을 감고 말았다.

자기 자신보다 자식을 먼저 생각하는 모성에 어느 누가 돌을 던지랴마는, 어머니이기 이전에 한 인간으로서 쓸쓸하게 삶을 마감한 할머니를 생각하면 그저 안타까울 따름이다. 더하여, 자식을 잘 키우는 것이 하나의 훌륭한 노후대책이던 시대는 이제 지났다는 느낌도 지울 수 없다.

그러나 싱글 라이프든 더블 라이프든 노후를 안정되고 행복하게 보내는 것은 유종의 미를 어떻게 거두느냐만큼 중요한 일이다. 특히 독신자의 노후대책에 있어 경제력 확보는 다른 무엇보다 최우선의 조건이다. 경제적 독립 없이 싱글 라이프는 불가능한 일이기 때문이다.

혹시라도 주위에 경제적인 준비도 없이 독신생활을 하겠다고 나서는 사람이 있다면 따라다니면서라도 말려야 할 일이다. 자본주의 사회에서, 그것도 싱글 라이프로 살아가야 할 사람에게 먼저 갖춰져야 할 것이 경제력이기 때문이다.

노후를 위한 재테크는 몇 번을 강조해도 지나침이 없다. 「돈」 그 자체가 중요한 게 아니라 자신의 삶을 되돌아보고 정리할 소중한 인생의 황혼기에 「돈」으로 고통을 받는다면, 그것만큼 비참한 노후생활은 없을 것이기 때문이다. 이 세상을 떠나는 순간까지 여유 있고 넉넉한 마음으로 인사할 수 있다는 것, 그것도 자신을 사랑하는 한 방법이 아닐까.

기쁨이나 슬픔이 모두 스트레스야!

작가에게 무엇보다 기쁜 것은 책의 증쇄 소식이다. 2년 전 여름에 출판한 책이 이번에 증쇄되었다. 히로시마 원폭에서 살아남아 전후에 미국으로 건너간 사람이 지금도 천여 명쯤 미국 각지에 흩어져 살고 있는데, 이 「살아남은 사람들」을 취재하여 정리한 책이다.

등장 인물의 대부분은 이미 50여 년 가까이 미국에서 생활하고 있기 때문에 안정되고 사회적으로도 지위를 갖고 있다. 그런데 취재하면서 알게 된 사실인데 이런 사람은 피폭체험을 절대로 말하고 싶어하지 않는다. 잊으려 해도 잊을 수 없는 체험을 어떻게든 잊으려고 애쓰는 중이기 때문이다.

밤낮으로 집요하게 따라다니며 겨우 끌어낸 것 중에 지금도 비엔나 소시지를 먹지 못한다는 이야기가 있다.

비엔나 소시지에 칼집을 내 프라이팬에 넣고 굴리면 소시지가 부풀어올라 칼집이 벌어지며 튀겨진다. 그 모습을 보면 반사적으로 그날 땅바닥에서 뒹굴던 사람들의 손발이 연상되기 때문에 절대 메뉴에조차 넣지 않는다고 한다. 나직한 목소리로 그 이야기를 하는 사람의 표정에서 나는 큰 소리로 핵무기 반대를 부르짖는 사람보다 더 강한 호소력을 느꼈다.

그런데 최근에는 책의 유통속도가 빨라서 책이 나온 지 3개월 안에 승부하지 못하면 안된다고 들었는데 2년이나 지난 책이 증쇄되었다니 기쁜 한편 놀랍기도 했다. 그래서 그 이유를 알아보러 서점에 가보았다.

"체르노빌에서 히로시마로 진찰을 받으러 오는 사람도 있대요. 게다가 중국이 원자력발전소 건설에 착공하면서 핵에 대한 관심이 높아져 반핵 운동가들도 이 책을 열심히 읽나 봐요."

서점 주인의 말에 순간적으로 나는 거부반응을 보였다.

"그건 달라요!"

원자폭탄과 원자력 발전은 목적이 전혀 다르다. 원폭은 핵분열로 얻은 에너지로 한 사람이라도 더 많은 사람을 죽이려는 무기이지만, 원자력 발전은 그 에너지로 생활에 도움이 되는 전력을 공급하는 동력자원이다. 그런데도 미국에 사는 피폭자들의 삶이 원자력 발전과 연관되는 것은 뜻밖이었다. 저자인 나는 핵무기에는 반대하지만 원자력 발전에는 원칙적으로 반대하지 않는다.

　하지만 이때다 싶어서 평소의 주장을 펴는 나에게 서점 주인
은 한심스럽다는 듯이 꾸짖었다.

　"아니, 책이 잘 팔려도 화를 내요? 기쁨이나 슬픔이 모두 스
트레스야, 도량이 없어. 당신의 그 성질은 혼자 사는 사람들의
결점이야."

　결점은 지적한 그대로이지만, 아무래도 나는 석연치가 않았
다.

그 이상도 그 이하도 아닌 사실대로 판단한다

구식이라고 말할지도 모르지만, 매년 12월이 되면 나는 개전일(開戰日)을 떠올린다.

어느 전범(戰犯) 미망인을 찾아간 것은 10여 년 전의 이 무렵이었다고 생각되는데, 70세가 넘은 그 미망인은 혼자 살고 있었다. 육군 대좌였던 남편은 전후 혼란기에 도쿄의 스가모 형무소에서 교수형으로 처형되었다.

남편이 전범 용의자로 체포되었을 때 그녀는 임신 3개월이었다. 남편이 옥중에 있을 때 여자아이를 낳았고 처형 당시 그 아이는 두 살이었다고 한다. 대좌와의 결혼은 재혼이었다. 그녀는 그전에 짧은 결혼생활을 한 경험이 있었는데, 전 남편은 전사하였다.

전 남편이 죽고 여학교의 교사가 되어 자립했지만 절대로 재혼하지 않겠다고 결심한 것은 아니어서 재혼 말이 오갔다. 재혼 상대인 대좌도 전쟁중에 병약한 부인과 사별한 사람이었다. 두 사람 사이에 달콤한 로맨스가 있었던 것은 아니고 전쟁중에 서로의 불운을 계기로 맺어진 것이었으리라.

재혼 상대와는 나이 차이가 꽤 났다. 그 나이에 최전선에 서지는 않을 것이라는 생각에 안심이 되어 재혼을 결심했을지도 모른다.

그런데 재혼하고 얼마 안되어 격동의 소용돌이에 내몰려진 것이다. 패전과 남편의 체포, 아이의 출산, 그리고 결손 가정의 기둥이 되어 버린 일이 겨우 5, 6년 사이에 잇달아 일어났다.

이제 와서는 모두 흘러간 이야기로 말할 수 있겠지만, 그 노부인은 시종 느린 말투였다. 또 웃는 얼굴이었지만, 이야기가 재혼 후에 얻은 외동딸에게 미치자 딸 이야기는 묻지 말아 달라고 격앙된 표정을 보였다.

아버지의 얼굴도 모르는 그 딸은 지금 행복한 주부로 살아가고 있는데, 어두운 화제로 딸아이의 이름을 더럽히면 행복이 도망가 버릴 것 같은 기분이 든다고 말하였다. 문자 그대로 금지옥엽으로 딸을 길렀을 모습이 떠올랐다.

사실은 온후하기만 했던 그 노부인이 나중에 나에게 일침을 가하였다.

원고가 탈고된 후 잘못 기재된 부분을 고쳐 달라고 취재한 곳마다 복사본을 보냈는데, 그 노부인은 한 군데를 삭제해 달

라고 항의했다. "미망인은 당시의 자료를 산더미처럼 준비해
서……"라고 쓴 부분의 「산더미처럼」 때문이었다.

　"산더미 같은 자료는 가지고 있지 않습니다. 자료의 수는 전
부 82개뿐입니다."

　전화 저편에서 들리는 노부인의 말에 나는 몸을 움츠렸다.
그러면서도 그 말에 공감하며 웃을 수 있었다. 어떤 사실을 그
이상으로도 그 이하로도 평가하지 않고, 정확하고 냉정하게 판
단하여 자기 자신만 의지하며 살아온 사람의 모습을 읽을 수
있었기 때문이다.

　그런데 하필이면 같은 처지인 내가 그것을 무신경하게 더럽
힌 것이 몹시 부끄러웠다.

타고난 체력도 콤플렉스?

오랫동안 나는 몸이 튼튼한 것에 콤플렉스를 가지고 있었다. 타고난 체력 탓인지 혹은 모든 것을 체력에 맡기고 전진한 탓인지 보통 사람처럼 행동하지 못하는 병약한 사람의 심정을 이해하지 못했다.

앞서 가는 사람의 뒷모습을 보면서 자신의 힘의 한계를 알고 거기에서 다시 여유 있게 출발하는 것은 살아가는 데 빠뜨릴 수 없는 요소라고 생각하는데, 나는 그 부분을 체력에 맡기고 버텨왔다는 생각이 든다.

50세가 넘으면서부터 새로운 콤플렉스가 하나 더 생겼다. 늙으신 아버지와 함께 살면서 나는 지금까지 독신생활에 맞는 판단기준만 가지고 살았다는 것을 깨닫게 되었다. 타고난 건강체질로 생활하고 있는 사람에게나 통용되는 판단기준만 가지고 있었던 것이다. 이런 것도 혼자 사는 사람의 무시 못할 결점일 것이다.

예를 들어, 노인질환을 앓고 계시던 아버지는 열이 자주 올랐다. 그럴 때마다 나는 당황하여 어쩔 줄 몰라 했다. 아이를 키운 경험이 있는 주부라면 그냥 내버려 두어도 괜찮은지, 아니면 그 자리에서 바로 대처하지 않으면 안되는지를 느낌으로 판단할 수 있다고 한다.

"더 열이 오를지도 모르지만 오늘 밤 안에는 내릴 테니까, 무리하게 해열제를 쓰지 말고 상태를 지켜보지, 뭐."

늙으신 아버지의 베갯머리에서 여동생들이 태연하게 주고받는 말을 나는 어리둥절한 표정으로 듣기만 했다.

또, 아버지는 포만감을 느끼는 신경에도 이상이 생겼는지 때때로 지나친 식욕을 보이셨다. 나는 아버지가 좋아하시는 생선초밥을 2인분이나 시켜서 드렸지만, 결국 모두 토해내시고 말았다.

"왜 그냥 다 드려? 그리고 환자에게 와사비는 빼고 드리는 것 정도는 상식 아냐?"

힐난하는 여동생 앞에서 나는 반론할 말을 찾지 못하고 고개만 숙일 뿐이었다. 나 자신을 둘러싼 문제에 대해서는 나름대로 가감하고 있다고 여겼지만, 그외의 부분에서는 아무것도 예측할 수 없었다. 세상에서 말하는 상식이라는 것이, 나의 상식 속에는 없었다. 이리하여 애쓰고 마음을 졸이면서도 나의 간호는 실수의 연속이었다.

　단 한 가지 내가 다른 사람보다 나았던 것은 아버지가 입원하신 후 아버지에게 드릴 음식을 만들 때였다. 병원 식당에 의존하지 않고 한 가지라도 직접 만들어 드리고 싶은 것은 누구나 하는 생각이지만, 설비가 제대로 갖춰지지 않은 탓으로 수수방관할 수밖에 없었다. 그럴 때 번거롭지 않고 도구도 필요 없고 게다가 신선함을 잃지 않는 음식을 생각해 낸 것이다.

　참마를 갈아서 연어 알을 올린 음식은 정말로 히트작이라 할 만했다. 뭐, 사실 놀랄 일도 아니었다. 병원생활이란 것도 아파트에서 혼자 사는 것과 비슷해서 나에게는 익숙한 일상생활의 단면이었다.

　싱글 라이프에서 생긴 결점은 싱글 라이프에서 얻은 장점으로 보충하며 살아갈 수밖에 없다고 생각한다.

싱글 라이프에겐 공통된 호흡이 있다

1990년 가을, 서훈의 계절(일본에서는 주로 가을에 각종 예술분야의 사람들에게 상과 훈장 등을 주는 것을 가리킴)에 작가 오하라 도미에 씨의 수상 기사를 읽었다. 나는 소설을 잘 읽지는 않지만, 이분의 소설 『타오라는 여자』를 읽고 깊은 감동을 받은 적이 있다.

줄거리는 희미해졌지만, 가정 사정으로 한창 나이에 유폐되어 살아가는 한 여자의 일생을 테마로 한 소설이었다고 기억된다. 나 자신도 인생의 행로를 잡지 못하고 유폐된 듯한 생활을 하고 있었을 때 읽어서인지 줄거리는 잊었어도 감동만은 그대로 남아 있다.

다만 수상 기사를 읽으면서 나는 무심코 쓴웃음을 지었다. "좌절에 대해 겸허하고 성실한 태도로 살아왔다"고 오하라 문학의 진수를 소개한 후에, "그런 탓인지 78세인 지금까지 독신"이라고 써놓았다(1990년 11월 3일경). 나는 '그런 탓이란 어떤 탓일까' 하고 묘한 기분이 들었다.

　좌절에 연연하는 독신도 있지만 나처럼 한 곳에 연연하지 않는 독신도 있으므로 일괄적으로 「그런 탓인지」 하고 표현하는 것은 어울리지 않는다. 그러면서도 죽 읽어 나가면 큰 저항 없이 받아들여지는 것은 역시 독신에게는 어떤 고정된 이미지가 있기 때문일 것이다.

　얼마 전 나고야 도쿠가와 미술관의 개관 55주년 기념 축전을 보낸 적이 있었다. 전화 115로 신청했는데, 나이가 들어 보이는 여직원의 목소리가 흘러 나왔다.

　"축전용으로 아름다운 꽃그림 전보 용지도 있습니다만……."

　"개인에게 보내는 것도 아니고, 대단한 축하도 아니니 보통 용지로 해주세요. '개관 55주년, 축하드립니다'라고."

　그러자 갑자기 그 직원이 힘주어 말했다.

　"대단한 축하신데요!"

　나도 지지 않고 바로 받아 말했다.

　"됐으니까, 수신자나 받아 적어요. 나고야 시 히가시 구 도쿠가와 미술관입니다."

　그러자 즉각 대응하는 그녀의 목소리가 거칠어졌다.

　"이사장이나 회장 앞으로 하시는 게 어떨지요?"

　나는 오기가 생겨서 고집스레 말했다.

　"됐어요."

그녀는 곧장 다시 나를 몰아세웠다.

"건물에게 축하하는 셈이 되는데요."

순간 대답이 궁해졌지만 지지 않으려고 억지를 부렸다.

"받아 보는 것은 사람이고, 어차피 건물이 전보를 읽을 수는 없잖아요."

그리고 다음 순간 나는 결국 참지 못하고 자백해 버렸다.

"특별히 어떤 사람 앞으로 보내야 하는지 모르니까 그러잖아요."

그러자 상대방은 참지 못하고 폭소를 터뜨렸다. 웬일인지 그때 나는 상대방이 독신이라는 것을 확신했다. 응답을 하면서도 결국은 폭소를 터뜨린 「그런 탓」인 것이다. 아마 그녀도 나를 꿰뚫었을 것이다. 「그런 탓이란 어떤 탓일까」 따위를 말하지는 않겠다. 싱글 라이프로 살아온 사람에게는 아무래도 공통된 호흡이 있는 듯하다.

암으로 죽고 싶은 까닭은?

사는 일도 어렵지만 죽는 일은 더욱 어렵다. 살기 위한 노력은 보답을 받지만, 죽음에 대해서는 인간의 노력만큼 허망한 것도 없기 때문이다.

나는 종교가 없기 때문에 죽을 때는 두 손을 모으고 운명에 몸을 맡길 수밖에 없지만 되도록이면 암에 걸려 죽기를 바라고 있다. 일반적으로 나이를 먹으면 자는 듯이 갑자기 죽고 싶다고 말하는 사람이 있지만, 나는 그것만은 정말 피하고 싶다.

주치의에게 내가 만약 암에 걸리면 반드시 알려 줄 것을 부탁해 두었다.

"네, 그렇게 하지요."

나의 형편이나 성격을 잘 알고 있는 주치의는 아무렇지 않게 대답을 해주었다. 너무나 시원스레 대답해 주어서 조금 섭섭했을 정도였다. 나는 아마 암 선고를 받아도 그다지 동요하지 않을 것이라고 덧붙였다.

"네, 가족이 없는 사람은 동요가 적더군요."

주치의는 이 말마저 거침없이 하는 것이었다.

그렇다. 독신자의 특권은 죽음을 맞아서 동요가 적다는 것이다. 인생에 대한 집착이 적기 때문이다.

이상하게 들릴지 모르지만, 이미 부모를 잃고 자녀도 없는 나에게 사후의 문제로 마음에 걸리는 것이 있다면 얼마 안되는 재산뿐일지도 모른다. 독신에게 재산이란 살아 있을 때는 무엇보다 의지가 되지만 죽는 순간부터 전혀 무의미해지는 묘한 물건이다. 문제는 「그날」을 알 수 없다는 것이다.

내가 암으로 죽기를 바라는 것은 현대의학이라면 「그날」에 대하여 대강 예측할 수 있을 것이라고 생각하기 때문이다. 이런 말은 암으로 투병하는 사람이나 가족을 암으로 잃은 사람에게는 가슴이 아프겠지만, 혼자서 인생의 매듭을 짓지 않으면 안되는 처지에서 솔직하게 말하는 것이다.

만약 앞으로 3개월이라고 통고하면 그 기간에 맞춰, 또 앞으로 1년이라고 하면 그 기간에 맞춰 남겨진 시간 안에 가능한 한 모든 일을 매듭짓고 주위의 신세를 지고 싶지 않다.

"이해합니다. 선생님의 처지에서 보면 분명히 암이 낫습니다. 만일 그렇게 되면 통증을 완화하는 처치는 하되 생명유지 장치는 하지 않기로 합시다."

이 말도 주치의는 질릴 정도로 명쾌하게 했다.

그러자 문득 암으로 죽고 싶다고 바라는 사람도 우습지만, 그 말에 납득하는 사람도 우습다는 생각이 들었다. 쓴웃음을 짓긴 했지만, 독신 환자의 인생을 이렇게까지 배려해 주는 그 분은 과연 명의이다.

기혼·미혼을 따지지 않고 자연인으로

신칸센 안에 비치해 놓은 잡지를 죽 훑어보다가 재미있는 인터뷰 기사에 눈길이 쏠렸다. 무대장치가인 세노 갓파 씨가 물벼룩에 관한 이야기를 하고 있었다.

물벼룩은 평소에는 암컷끼리 산다고 한다. 단위생식에 의해 수컷 없이 알을 낳기 때문이다. 이른바 처녀생식으로 자손을 퍼뜨리는 것이다.

그런데 연못의 수질이 나빠지거나 종족의 보존을 위협받는 등 일단 유사시가 되면 갑자기 유엔 평화협력대라도 되듯이 수컷이 출현하여 양성생식으로 자손의 번성에 협력한다는 것이다. 이런 형태의 자연섭리가 있다고는 꿈에도 생각하지 못했다.

인터뷰를 진행한 아가와 사와코 씨는 수컷 없이 알을 낳을 수 있다니 간편해서 좋겠다는 말을 했다. 나 역시 수컷 따위는 유사시에만 출현해 주면 좋겠다고 생각했지만, 막상 암컷만으로 살아가는 물벼룩의 세계를 상상하니 그렇지만도 않았다. 얼마나 소란스럽고 까다로울까.

세노 씨는 암컷 물벼룩을 한 마리씩 따로 떼어 넓은 물탱크에 넣어 본 결과 뜻밖의 발견을 했다고 한다. 무리에서 떨어진 물벼룩은 21일간을 살면서 알을 계속 낳았다는 것이다. 물벼룩은 보통 열흘밖에 살지 못한다. 그러니 그 암컷 물벼룩은 넓은 공간을 어떻게든 자기네 종족으로 다 채워야겠다는 듯이 출산에 온 힘을 쏟은 것이다.

반대로 좁은 물탱크에 여러 마리의 암컷 물벼룩을 넣어 두고 관찰하니 그 물벼룩들은 마치 서로 의논해서 결정이라도 한 듯이 알을 적게 낳으면서 편안하게 생활했다고 한다. 그 순간 나는 그중에는 알을 한 마리도 낳지 않은 물벼룩도 있지 않았을까 하는 호기심이 생겼다. 만일 그렇다면 그 암컷은 어떤 특징을 가졌을까? 또 죽을 때는 어떻게 죽어갔을까?

물벼룩과 인간을 그대로 바꾸어 보겠다는 말은 아니지만 어느 쪽이든 자연의 섭리에 지배받기는 마찬가지가 아닐까. 출산율 1.57% 시대를 머리에 떠올리니 물벼룩의 기사에 묘하게도 정이 간다.

출산율의 감소를 국민경쟁력의 감소와 연관시켜 생각하는 사람이 많다. 그래서 출산율을 높이기 위해 여러 가지 대책이 발표되고 있지만, 아동수당을 늘리는 방법 따위는 별로 효과적인 방법이 아니라는 것을 물벼룩이 가르쳐 주고 있다. 물벼룩의 환경이나 유사시의 수컷 물벼룩의 역할 등을 생각하면, 출산율 1.57% 시대는 어쩌면 필연의 결과라는 생각이 든다.

넓은 물탱크 안에서 목숨이 다할 때까지 출산을 계속한 암컷 물벼룩의 시대를 지나 이제 기혼, 미혼을 따지지 않고 자연인인 여자로서 살아가는 것도 꽤 괜찮은 시대에 와 있는 것이다.

물벼룩은 평소에는 암컷끼리 산다고 한다. 그런데 일단 유사시가 되면 갑자기 유엔 평화협력대라도 되듯이 수컷이 출현하여 양성생식으로 자손의 번성에 협력한다는 것이다. 이런 형태의 자연섭리가 있다고는 꿈에도 생각하지 못했다.

두드려 본 돌다리는 단숨에 건너라

돌다리도 두드려 보고 건너는 사람이 있다. 나는 그런 사람을 보면 참 대단하다는 생각이 든다. 내 경우에는 두드리기보다 먼저 걷기 시작하므로 다리 위에서 갑자기 꼼짝달싹 못할 때가 많다. 그렇다고 이제 와서 성격을 바꾸고 싶지도 않고, 또 바뀔 리도 없기 때문에 앞으로도 계속 이렇게 살아가게 될 것이다.

하지만 나는 내 성격을 탓하고 싶지 않다. 두드리기만 하고 건널 힘이 없는 사람보다 차라리 낫다고 내심 자부하고 있다.

얼마 전 아오모리 현 로쿠케쇼무라의 우라늄 농축시설을 견학한 적이 있었다. 앞으로 이곳이 원자력과 관련하여 새롭게 주목받을 것이라고 전부터 들어왔기 때문이다.

내가 찾아간 날은 구름 한 점 없이 맑은 어느 가을날이었지만, 한겨울이 되어 호수가 얼어붙고 고목나무에 눈보라가 흩날

리면 한없이 적막하고 살풍경할 것처럼 보였다.

그런 곳에 갑자기 새하얀 바탕에 빨갛게 가로선을 한 줄 곧게 그은 현대적인 빌딩이 세워진 것이다. 어쩌면 이것을 계기로 이 지역도 점차 현대화가 이루어질 것이라고 생각했는데, 「우라늄」이라는 말만으로도 주민들의 반대 주장이 끊이지 않는다고 한다.

원자력에 대한 일본인의 알레르기는 무리도 아니지만 우라늄에 대해서 원폭의 파괴력만 연상하고 반대하는 것은 사려 깊지 못한 행동이라고 생각한다.

나는 아오모리 사람들에게 돌다리를 두드려 보는 것은 좋지만 안심이 될 때까지 두드려 보고 나서는 단숨에 건너라고 조언하고 싶다.

도시와 인간을 같은 차원으로 논하는 것은 무모하다고 할 수 있겠지만, 어느 쪽이나 시련을 겪은 후에 품격이 결정되는 점은 공통되지 않을까.

한 가지 예로 히로시마를 들어 보겠다. 내가 알고 있는 한 인구 1백만 명의 도시 히로시마 시는 모든 점에서 수준 이상이다. 평화공원 안에 시대의 첨단을 걷는 국제회의장이 있는데 1990년 여름에 이곳에서 열린 6개국 여성 심포지엄에 참석해 보고 나서 나는 히로시마 시의 국제화 수준과 히로시마 주재 통역진의 우수함에 새삼 압도되었다.

전쟁으로 다른 도시와 비교하여 큰 시련을 당했지만, 결과적으로는 어떤 도시에서도 사례를 찾아볼 수 없을 만큼 크게 성장한 것이다.

체르노빌의 방사선 피해로 괴로워하는 사람들이 히로시마에 치료를 받으러 온 것은 이미 잘 알려진 사실이고, 내년부터는 미국의 젊은 의사단도 방사선 장애에 관해 연구하기 위해 히로시마로 연수오는 계획을 검토중이라고 한다.

이와는 정반대의 경우를 예로 들자면, "나고야 시는 올림픽 유치를 서울에 빼앗김으로써 10년이 뒤지게 되었다"고 투덜대던 나고야 시 시청 직원의 불평을 들은 적이 있다.

산림을 개간하여 새로운 시설을 만드는 것을 아오모리 사람들이 주저하는 한 상황은 아무것도 바뀌지 않는다.

나 자신은 지금까지 인생의 기로에 설 때마다 불안을 억누르고 앞으로 나가는 길을 선택해 왔다. 물론 때로는 잘못 판단하여 예상과 다른 결과를 얻고 실망한 적도 있었다. 하지만 돌다리를 두드리기만 하고 건너지 않은 사람과 비교하면 수확이 많았고 후회가 적었다는 점은 장담할 수 있다. 늘 자기 위주로 살아왔지만, 이 부분에서만큼은 분별력 있는 상식보다 현명했다고 잘라 말해도 좋다.

돌다리는 두드리지 않는다. 이것은 싱글 라이프에서 얻은 교훈 중의 하나라고까지 생각하고 있다.

3 싱글 라이프? 정말 장난 아니다

싱글 라이프의 단점은 인생의 뿌리가 흔들릴 때
의지할 곳이 없다는 점이다.
그래서 브레이크가 듣지 않는 보기 흉한 행동으로 치닫기도 한다.
하지만 그럴 때 본능적으로 의지해도 괜찮을 만한
확실한 상대를 찾아내는 것도
싱글 라이프로 사는 지혜라고나 할까.

살아가는 데 무서운 것이 없어졌다

어머니를 잃고 나서 스케줄을 짜는 내 태도가 바뀐 것을 스스로도 느끼고 있었다. 가령 시간이 있어도 무리해서 그 일을 한들 무슨 소용인가 하고 갑자기 기운이 빠져 버린다. 예전에는 의지에 따라 몸이 움직였는데, 이제 그렇지 않은 것이다.

신경이 예민하지 못한 나는 지금까지 죽음에 관하여 진지하게 생각해 본 적이 없었다. 그저 사람은 죽을 때가 되면 죽는 것이라고 지극히 가볍게 죽음을 생각하고 있었다. 하지만 어머니의 죽음이라는 현실이 그렇게 허세를 부리던 나에게 일격을 가했다.

독신으로 살아온 나와 어머니 사이를 방해하는 것은 아무것도 없었다. 나는 나이가 들어서도 여전히 인생의 일부를 어머니에게 맡기고 있었다. 예를 들어 신칸센으로 시즈오카를 지날 때 어머니는 조용히 두 손을 모으고 후지 산에 참배하였다. 그런 어머니의 모습은 언제나 내 마음을 평온하게 해주었고, 균형을 잃은 판단에 대하여 다시 생각하게 해주었다.

그런 어머니가 76세를 2개월 앞두고 내 앞에서 갑자기 모습을 감추어 버린 것이다. 가해자는 자동차회사에 다니던 사람이었는데, 경찰 조사에 의하면 아무것도 기억나지 않는다고 진술한 것으로 미루어 아마도 졸음 운전인 듯했다.

내가 말할 수 있는 것은 여기까지다. 그 이상은 아마 몇 년이 지나도 글로 형용할 수 없을 것이다. 「포기」라는 말은 슬퍼할 힘이 다 빠진 상태를 가리킨다는 것도 알게 되었다.

지금까지 나는 어머니 이야기를 거의 하지 않고 있지만 꼭 말을 해야 할 경우에는 「어머니가 사라지신 후부터」라는 표현을 쓰고 있다. 「죽음」이라든지 「사망」이라는 단어는 타인의 죽음에만 쓰는 것이다.

원래 나는 사물을 간단하게 생각하는 사람인데 그 일이 있은 후부터 이 세상에서 가장 괴로운 일은 가족의 돌연사라고 단정하게 되었다.

지금까지 살아오면서 나의 생활에서 남을 위로할 일은 거의 없었지만 최근에는 가족을 갑자기 잃은 친구나 동료에게 무의식적으로 장문의 편지를 띄우곤 한다.

도쿄 교외의 어느 목사의 어린 딸이 정신병자에게 살해된 사건이 보도되었을 때, 나는 전혀 알지도 못하는 목사에게 몇 번

이나 펜을 든 적이 있었다. 결국 편지를 보내지는 못했지만, 장
례식날 온화한 표정으로 "범인을 증오하지 않겠습니다" 하고
인사를 한 목사가 한구석에서 통곡하는 장면을 TV에서 보았을
때 나는 나도 모르게 스위치를 꺼버렸다.

죽음은 당사자의 문제가 아니라 남겨진 사람의 문제이다. 어
느날 갑자기 무엇과도 바꿀 수 없는 소중한 어머니를 잃고 난
후 나 자신을 잃고 방황했던 날들은 평생의 상처가 되어 가슴
속에 남을 것이다.

믿을 수 없는 일이지만, 어머니를 잃고 얼마간 나는 적어도
다른 사람 앞에서는 평온했다. 그 다음날 약속된 강연이 있어
예정대로 일을 마쳤다. 아마 아무도 나의 불행을 눈치채지 못
했을 것이다. 다만 나 자신은 그날의 심리 상태와 행동이 전혀
기억나지 않는다. 예정된 일을 마쳤다는 것만 엄연한 사실이
다. 몽유병이란 그런 상태를 가리키는 것이 아닐까.

그후 얼마간 나는 고향 아이치 현의 지방신문에 어머니에 관
한 기사를 연재하였다. 그 상태에서 글이 써졌다는 것은 불가
사의하지만 나는 매일 방안에 틀어박혀 펜을 움직이고 있었다.
그때 쓴 글 중에 "인간은 죽지만 않으면 폐품으로라도 쓰여진
다"는 말이 있다.

그때의 내 심리 상태와 행동은 지금도 뭐라고 설명할 수가
없다. 현실 같기도 하고 꿈 같기도 하다. 나를 잃은 상황에서도

인간에게는 한 점의 직업의식이라는 것이 눈을 부릅뜨고 버티고 있는가 보다.

그 무렵 하루는 집에 아무도 없어서 내가 전화를 받은 적이 있었다. 상대는 얼굴을 알고 지내던 젊은 주부였다. 그때까지 다른 사람과 이야기하기를 강하게 거부하고 있었던 나는 수화기를 들면서 뜻밖의 상황에 부딪혔다. 그 주부가 무슨 말을 했는지 잘 기억나지 않지만 아마도 위로의 말을 했을 것이라고 짐작되는데, 그 말을 듣자마자 나는 이유 없이 감정이 복받쳐 수화기를 붙잡은 채 목놓아 울었다. 그녀에게 무척이나 큰 심려를 끼쳤다고밖에 할 수 없다.

그녀는 계속 사과했지만, 그녀와는 상관없이 그때까지 억누르고 있던 내 마음이 대수롭지 않은 일을 계기로 한계를 넘어 극한에 도달한 것이다. 그후 나는 다시 전화를 받지 않는 생활로 돌아가 2년 정도 말을 하지 않고 살아갔다.

아무도 만나지 않고 누구와도 이야기하지 않고 방안에 틀어박혀 글을 쓰는 일로 몸을 지탱하고 있을 때 아버지가 쓰러지셨다. 아버지에게는 죄송스러운 말이지만 쓰러진 아버지 곁에서 간호할 일이 없었다면 나는 계속 정신을 놓은 상태로 살아갔을지도 모른다.

나는 아버지의 간병을 시작했는데 정신을 놓은 상태에서 맡겨진 뜻밖의 역할 덕택에 나 자신을 추스르게 되었다고 해도 좋을 것이다.

　입원과 퇴원을 거듭하시던 아버지는 3년 후에 숨을 거두셨다. 지금도 나는 차 한 대가 내게서 부모님을 차례로 빼앗아 갔다고 생각하고 있다.

　아버지가 숨을 거두셨을 때 나는 그 자리에 없었다. 더이상 가망이 없다고 판단된 후부터 뒷일을 동생들에게 맡기고 길을 떠났기 때문이다. 아버지 때나 어머니 때나 나는 임종을 보지 못했다. 부모의 임종을 지켜보는 일을 중대하게 생각하는 사람도 있지만 나는 도저히 그곳에 있을 용기가 없었다.

　안 해도 좋을 말인지 모르지만 지금까지도 나는 부모님의 묘소에 가보지 않고 있다. 부모님의 사진첩조차 펴보지 못하는 내가 어떻게 묘소에 갈 수 있을까. 어쩌면 부모님을 잃은 그 시점에서 나 자신도 죽어 버린 것이 아닐까. 극단적으로 말해 한 대의 차가 세 사람을 죽였다고 지금도 믿어 의심치 않는다.

　종교인은 사람의 죽음을 깊이 다룬다고 한다. 사람의 죽음에서 교훈을 얻는다고도 한다. 종교가 없는 내가 만일 신의 존재를 믿는다면 어머니를 잃고 난 몇 년 간이 기회였을 테지만, 이제 나는 종교를 믿기에는 나이를 너무 먹었나 보다.

　신이 진정으로 「믿을 수 있는 존재」라면 믿고 싶었지만, 결과적으로 나는 신과 결별하였다. 나는 결코 좋은 사람은 아니지만 죄도 없는 부모님을 이런 이치에도 맞지 않는 식으로 빼앗길 정도로 나쁜 일은 하지 않았다. 이 한 가지만 보아도 신 따위는 존재할 리 없으며, 만일 존재한다면 앞으로 남은 인생은 신을 원망하는 일에 걸겠다고 생각한 것이다.

돌연사이든 필연사이든 남겨진 사람에게 타격을 주는 것은 마찬가지이다. 타격을 받은 나는 떨쳐 일어나 죽음과 대결하거나 정면에서 받아칠 만큼 강한 사람이 아니었다. 그래서 돌아보지 않는 것과 생각하지 않는 것, 기분을 전환시키는 것, 시선을 돌리는 것으로 견뎌왔다.

오랫동안 부모님을 기쁘게 해드리는 것이 큰 보람이었던 나는, 지금 정신적인 지주를 잃고 무중력 상태에 있다. 언젠가 부모님과 함께 사는 모습을 꿈꾸며 해온 저축도 휴짓조각과 마찬가지가 되었다.

에리히 프롬은 행복의 조건을 「사랑과 일」이라고 말했는데 사랑의 대상을 잃은 나는 일에도 이미 전력투구할 마음이 사라져 버렸다.

하지만 그런 나에게 새로운 경지의 묘한 안도감이 생긴 것 또한 사실이다. 예전에 비해 어딘가 곪아터진 것 같은 생각이 들면서도 기쁘기도 슬프기도 한 이 경지에 대하여 어설프게 표현하자면, 살아가는 데 무서운 것이 없어졌다고나 할까. 앞으로는 나의 죽음을 기다리기만 하면 된다고 손꼽아 헤아려 보는 일조차 있다.

다시 말하지만, 죽음이란 당사자보다 남겨진 사람의 문제이고 남겨진 사람에게는 그때까지의 인생이 뿌리째 흔들리는 잔혹한 현실이다. 다만 그 현실을 극복하면 아무것도 아니다. 그저 인생의 밑자락이 한 장 있을 뿐이다.

가족이 한 사람도 없는 나는 지금 죽어도 힘들어할 누군가가 없다. 앞으로는 친척의 죽음이나 타인의 죽음에 부딪혀도 조금 우는 것으로 참아낼 수 있을 것이다. 내 자신의 죽음이 마음속으로 기대되는 심리조차 있다. 부모와 자식이 없는 처지란 이렇게 깔끔한 것이다.

가령 지금 죽음의 선고를 받는다 해도 아마 나는 힘들어하지 않을 것이다. 「이 세상에 무서울 것이 없다」는 단순한 비방을 이미 준비해 두고 있으므로.

그리고 정말 유감스럽게도 이런 경지에 다다라서야 죽음을 두려워했던 그 무렵이 나에게는 인생의 꽃에 해당되는 시기였다는 것을 겨우 깨달았다.

모든 가구의 내력을 안다는 것은?

우리집에 오는 사람은 약속이라도 한 듯이 이런 말을 한다.

"정말 편안한 의자군요."

그 의자는 핀란드제이다. 원래 나는 국산품 애용자이지만 가구는 북유럽 제품이 편하고 좋다는 것을 직접 사서 써보고야 알았다. 실용적인 도시 나고야의 백화점에서 보았기 때문이었을까. 테이블과 의자 5개가 한 세트로, 가격도 적당하였다. 도쿄보다 30% 정도 싼 걸 알고 가슴을 쓸어 내리던 것도 기억난다.

테이블 위의 재떨이는 골동품점에서 3천엔(약 3만원) 정도에 구입했다. 손님이 올 때마다 사용하는 찻잔 세트는 20년 전 아직 영국 제품이 많지 않았을 때 나로서는 큰 결단을 내려서 2만 2천엔(약 22만원)을 주고 산 고가품이다.

부엌 안을 들여다보면서 나는 새삼스레 묘한 것을 깨달았다.

집안에 있는 물건의 가격을 대부분 기억하고 있다는 것이다. 당연하다면 당연할 수 있지만, 독신자의 집안은 자기 자신에게 필요한 물건들뿐이다.

보통의 가정에는 언제 어떤 경위로 집에 들여놓았는지 모를 물건이 있기도 하고, 왜 이런 물건이 있나 하고 생각될 정도로 잡동사니들을 없애지 못해 애물단지가 되곤 하는데 내 집에는 그런 것이 없다. 집안에 있는 물건의 가격은 물론 출처도 분명히 기억하고 있다. 이런 것도 싱글 라이프의 특징 중 하나일 것이다.

집안을 둘러보면 또 한 가지 묘한 것을 깨닫게 된다. 내 집에 있는 물건은 대부분 내 힘으로 들어 옮긴 것이다. 서랍장이 하나 있는데, 이것도 세 부분으로 나누어 혼자 옮기면서 가구 배치를 바꾼 적이 있다. 또, 테이블은 다리를 떼면 데굴데굴 굴려서 편하게 옮길 수 있는 물건이다.

예전에 작은 물건을 넣는 정리함을 사려고 했을 때 죽을 힘을 다해 혼자 옮겨야 한다는 생각에 마음에 드는 물건을 포기한 적이 있었다. 대신에 등나무로 짠 작고 가벼운 서랍장을 골랐다. 혼자 사는 사람은 혼자 옮길 수 있는 가재도구를 선택할 수밖에 없다.

나는 독신생활에 대한 의지가 분명하기 때문에 혼자 사는 데 불만은 없지만 조금 불안한 점은 있다. 어렸을 때 나는 복잡한 가재도구나 쓰레기, 끄적거리다 만 종이 나부랭이가 널려 있는 속에서 자랐다. 그래선지 지금도 집에 돌아와 안심이 되는 것은 그때처럼 복잡하고 수습이 안되는 분위기가 아닌 게 얼마나 다행인가 하는 점이다.

집안에 있는 쓰레기 하나하나까지 일일이 그 내력을 알고 있다는 것은 살아가는 방식에 혹시 무슨 결함이 있기 때문은 아닐까. 때때로 정연한 논리가 정연한 까닭에 오히려 본질을 잘못 보듯이.

인생에 늘 복병은 따라다니는 법이지만 싱글 라이프인 나의 인생에 일반론으로는 추측할 수 없는 복병이 숨어 있을지도 모른다는 생각에 때때로 오싹해질 때가 있다.

가족이 아닌 남에게 말없이 받는 위로

요즘 들어 부쩍 세상을 떠나는 사람이 많은지 유명한 배우나 가수도 그렇지만, 아는 사람에게서 부모님의 부음이 자주 들려온다. 긴 투병생활 끝에 사랑하는 이를 떠나 보내고 남겨진 사람도 아픔이 크겠지만 갑작스러운 죽음으로 육친을 잃은 경험이 있는 나는, 거창하게 말하면 그 이후 인생에 대한 태도가 많이 바뀌었다.

좋건 싫건 나는 자기 본위의 인간으로 되도록 타인과 관계맺는 것을 피하며 살아왔다. 그렇기 때문에 비교적 신경을 덜 쓰며 독신생활을 해왔다고 생각하지만 요즘은 타인의 부고를 듣고 나서 마음의 갈피를 못 잡을 때가 많다. 불의의 사건이나 사고로 육친을 잃은 낯모르는 사람에게조차 위로의 편지를 쓰고 싶어진다.

내가 가장 사랑하는 어머니를 사고로 잃은 것은 7년 전인데 그로부터 2년간은 다른 사람의 얼굴을 마주 대하는 것조차 싫어서 집에 틀어박혀 지냈다. 외부와의 연결은 오로지 낯모르는 사람에게 받은 위로편지뿐이었다고 해도 좋을 것이다.

옛날 사람들은 「세월이 약」이라는 훌륭한 말을 했다. 어느 누구와도 말을 하고 싶지 않았던 내가 요즘은 적어도 겉으로 보기에는 원래대로 돌아와 제법 떠들기도 한다.

지금은 남에게 위로편지를 쓸 정도로 안정을 되찾았지만, 얼마 전에 나는 다시 떠올리기도 부끄러울 정도의 편지를 마구 써 보낸 적이 있었다. 예의고 자존심이고 다 내팽개치고 머릿속에 떠오르는 대로 난필·난문으로 휘갈겨 보낸 것이다. 이제 와서 그때 쓴 편지를 떠올리면 살아갈 힘을 잃을 정도로 흔들렸던 내 모습이 부끄럽기만 하다.

다만 다행스러운 점은 그렇게 흔들리면서도 상대만은 잘 선택하여 이미 육친의 죽음을 당하여 충격을 이겨낸 경험이 있는 사람에게만 편지를 썼다. 무의식중에도 나는 내 행동을 받아줄 만한 상대를 골라 기댄 것이다.

독신생활의 단점은 인생의 뿌리가 흔들릴 때 의지할 곳이 없다는 점이다. 그래서 브레이크가 듣지 않는 보기 흉한 행동으로 치닫기도 한다. 하지만 그럴 때 본능적으로 의지해도 괜찮을 만한 확실한 상대를 찾아내는 것도 싱글 라이프로 사는 지혜라고 할까.

그후 편지를 보낸 사람들을 만났지만 부끄러운 내 편지에는 아랑곳하지 않고 편안하게 안부를 물어 주어 나는 몰래 가슴을 쓸어 내렸다. 나도 아무 일 없었던 척하고 태연스레 대답했지만 참으로 낯뜨거운 일이었다.

아마 내가 쓴 낯뜨거운 편지 내용은 앞으로 어디에서도 부딪힐 일이 없을 것이다. 그들은 생활감각을 다시 찾은 내 모습을 보고도 못 본 척해 주고 있기 때문이다.

싱글 라이프로 살면서 감사하고 싶어지는 것은 가족이 아닌 남에게 이런 형태로 말없이 위로받을 때이다.

> 독신생활의 단점은 인생의 뿌리가 흔들릴 때 의지할 곳이 없다는 점이다. 그래서 브레이크가 듣지 않는 보기 흉한 행동으로 치닫기도 한다. 하지만 그럴 때 본능적으로 의지해도 괜찮을 만한 확실한 상대를 찾아내는 것도 싱글 라이프로 사는 지혜라고 할까.

기막힌 자가진단법

비행기를 타면 물수건이 나온다. 언제부터인가 신칸센에서도 물수건을 주고 있는데, 그것이 싫어서 최근에는 신칸센을 이용하지 않는다.

물수건을 주는 것 자체를 싫어하는 것이 아니라 받는 사람을 조금도 배려하지 않고 물수건을 불쑥 내미는 행동은 정말 참을 수가 없다. 손님이 책을 읽고 있는데도 "책 놓고 이거 받아" 하는 것처럼 물수건을 코앞으로 들이미는 것은 서비스가 아니라 짓궂은 장난으로 일부러 골탕먹이려는 짓 같다.

하지만 나는 글로는 이렇게 거칠게 표현하지만 결정적인 시기에 마음이 약해져 아무 말도 못하는 한심스러운 구석이 있다. 그러고 보니 며칠 전 슈퍼마켓에서 있었던 일이 생각난다. 빵을 골라 카운터 앞에 놓고 기다리는데 직원이 말했다.

"손님, 바구니는 그쪽이 아니라 이쪽에 놓는 겁니다."

이때도 '바꿔 놓는 것은 당신들이 할 일이잖아' 하고 목구멍까지 올라온 말이 입밖으로 나오지 못했다. 잠자코 상대를 바라보자 카운터 직원은 의아한 표정으로 그 바구니를 바꿔 놓았으니 악의는 없었던 모양이다.

그런데 바로 얼마 전, 이러한 나도 도저히 참을 수 없는 일이 생겼다. 3년 전에 해약한 은행 계좌에 어찌 된 일인지 무통장 입금이 되어 있었다. 물론 은행측의 잘못이었다. 사람이나 기계나 실수할 수 있으므로 그것을 힐난하려는 것은 아니다.

다만 잘못 입금된 돈을 찾는 데 예전에 등록된 도장을 가져오라고 해서 화가 폭발한 것이다.

"당신들이 저지른 실수에 들고 다닐 도장은 없어요."

그때만큼은 참지 않고 잔뜩 화난 말투로 전화를 끊었다.

이렇게 신용할 수 없는 은행과는 즉시 거래를 중지하면 그만이겠지만 지금도 나는 그 은행의 다른 통장을 하나 가지고 있다. 자기 위주로 살아온 사람치고는 의외라고 할 수 있겠지만, 실은 이것도 싱글 라이프의 방어본능이라고 할 수 있다.

예를 들면 물수건을 내주는 행동에 화를 내면서, 한편으로는 화를 내는 나의 몸의 상태를 자가진단하는 것이다. 울컥한 채로 그 울분이 반나절이나 가라앉지 않은 적도 있었지만, 같은 일인데 그다지 신경을 쓰지 않은 날도 있었다. 그 차이는 오로지 내가 얼마나 피곤한지에 달려 있다. 즉 화를 내는 것을 피로

의 바로미터로 이용하는 것이다. "얼굴빛이 좋지 않다"고 알려
주는 사람이 없는 독신생활에서 자기식으로 개발한 방법이라
고나 할까.

그 은행에 화가 나기는 했지만 거래를 끊지 않았다는 것은
나에게 아직 체력의 여유가 있다는 증거가 된다. 화를 내는 것
까지 건강관리에 이용하는 것은 스스로도 감탄할 만한 생명력
이 아닐까?

영원한 이별은 남겨진 사람의 몫이다

하느님이나 부처님을 믿지 않는 내가 예감 따위를 입에 담는 것은 우스울지 모르지만, 그날 일을 마친 나는 어쩐지 혼자 사는 집으로 돌아가기가 싫어 남동생 집으로 갔다. 유치원과 초등학교에 다니는 3명의 조카는 나에게 눈에 넣어도 아프지 않은 존재였다. 나는 오랜만에 푸근한 마음이 되어 있었는데, 그때 그 전화가 온 것이다.

전화를 받은 동생은 갑자기 안색이 변했지만 의외로 담담하게 대답했는데, 극단적인 쇼크를 받았을 때 인간의 생리기능은 맞대응을 제대로 할 수 없기 때문일 것이다.

전화는 고향집에 살고 있는 동생에게서 왔다. 어머니가 교통사고를 당해 병원으로 옮겨졌지만 이미 동공이 열린 상태라는 소식이었다. 7년 전 어느 봄날 밤 9시를 넘긴 때였다.

만일 그때 내가 평소처럼 집으로 돌아가 있었다면 혼자 사는 아파트에서 그 전화를 받았을 것이다. 아마 나도 동생처럼 얼마간은 생리적으로 제대로 대응하지 못하고 냉정했겠지만 다음 순간 어떻게 되었을까. 그것을 기억하면 그날만큼은 시끌벅적한 동생 가정에 몸을 맡긴 것은 어떤 예감 때문이라는 생각이 든다.

그때까지 나는 내 집에 있건 여행을 떠나건 하루에 한 번은 반드시 어머니에게 전화하는 것이 습관처럼 되어 있었다. 그런데 그 전날 밤에는 드물게도 어머니가 나에게 전화를 하셨던 것도 예감이지 않았을까.

"정성을 다하면 꼭 좋은 일이 있겠지. 이제 좋아질 게다."

어머니는 나를 위로해 주셨다. 좀처럼 약한 소리를 하지 않는 나를 그토록 강한 어조로 격려해 주셨다는 것은 묘한 일이다. 그 전화가 어머니의 목소리를 듣는 마지막이 되었다.

죽음이란 본인에게는 폐품이 되는 것 외에는 아무것도 아니다. 오히려 남겨진 사람의 시련이라는 데 중대한 의미를 갖는다. 남겨진 나는 어머니의 죽음으로 인생관의 일부가 도려진 채 그대로 오늘에 이르고 있다.

어머니의 죽음을 맞아 나는 모든 상식을 거역했다. 전화를 받은 동생은 그 자리에서 바로 고향으로 떠났지만 나는 가지 않았다. 이미 가망이 없다고 판단한 나는 도저히 어머니를 배웅해 드릴 수가 없었다. 0시 30분, 나를 제외한 형제가 모두 모인 자리에서 어머니는 의식을 회복하지 못한 채 숨을 거두었다고 한다. 76세를 두 달 남겨 둔 채.

따로 행동을 한 나는 혼자서 도쿄 집에서 통곡을 했다. 어머니의 임종을 지키지 못한 것은 물론이고 그후 모든 일을 형제들에게 맡기고 장례식에도 가지 않았다. 그때만큼 형제가 많은 것에 감사해 본 적이 없었다.

어머니를 잃었을 때 아버지는 81세였다. 인생의 끝자락에서 생각지도 못한 충격을 받으신 아버지를 어머니의 장례식에 가시게 하는 것을 도저히 받아들일 수 없었던 나는 그 시간을 아버지와 함께 보냈다.

아버지는 내 곁에서 크게 코를 골며 주무셨다. 그런 상황에서 숙면을 취하는 아버지의 모습에서도 한계를 초월해 시련을 참아내려는 인간의 생리적인 적응력을 느꼈다.

반복해서 말하지만 죽음이란 남겨진 사람의 시련이다. 나처럼 세간의 잣대로 말하는 표준을 거부하는 인생을 살아온 사람은 부모를 잃을 때마저도 장례식이라는 이름의 형식을 좇아 세간과 어울리는 보통 사람의 평형감각에 아연해 하면서 탄복할 뿐이다.

어머니가 그렇게 가신 후 나는 거의 1년 정도 입을 열지 않는 나날을 보냈고, 다시 그후의 1년을 망연자실하며 보냈다. 적어도 남들 눈으로 보기에 정상으로 되돌아오기까지 5년 정도

걸렸다. 나에게 어머니는 신이었고 인생의 모든 것이었다. 언젠가는 부모의 죽음을 맞지 않을 수 없다고 막연하게 생각하고 있었지만, 현실을 앞에 두고 각오 따위의 관념은 아무 도움이 되지 못한다.

2년쯤 전에 나는 미국에 사는 히로시마 피폭자를 차례로 만나러 다녔는데 그 일본계 미국 사람들과 신기할 정도로 호흡이 맞았다.

당시의 기억을 이야기하면서 그들은 「nothing」이라는 말을 몇 번이나 사용했다. 금전에 대한 집착이 없어졌다고도 했다. 어머니를 잃었을 당시의 내 심경도 「nothing」이었다. 사물에 대한 집착도 불가사의할 정도로 엷어져 있었다. 어머니의 죽음은 나에게 그야말로 원폭투하였다고 해도 좋았다.

그후 나는 무언가에 매달릴 것을 찾아 헤매면서도 그 한구석에는 모든 것을 거부한 공백이 있었다. 그리고 최근에는 모든 일에 집착이 엷어진 것으로 구원받고 있다는 데 생각이 미치기 시작했다.

어머니의 뒤를 이어 3년 만에 아버지는 병사를 하셨다. 입원과 퇴원을 3번이나 거듭했지만 그때마다 나는 대부분 혼자 곁에 붙어서 간호를 했다. 하지만 수술 경과가 좋지 못해서 아버지가 의식을 잃자 이때도 나는 뒷일을 형제들에게 맡기고 아마미 섬으로 떠났다.

남쪽 먼 섬에서 아버지의 임종을 알게 된 나는 일순 한숨 돌리며 안도와도 흡사한 기분을 맛보았다. 이 이상 사셔도 행복을 보장해 드리지 못한다고 생각했기 때문이다. 나는 이렇게 결단력 있게 행동했다고 생각했건만 역시 그후에도 얼마간은 망연자실하며 살았다. 어머니 때와 같이 장례에 참석하지 못했고 지금껏 부모님의 묘소에 가보지 못하고 있다. 그럴 힘이 나지 않는다고 하는 편이 옳을 것이다.

무엇과도 바꿀 수 없는 육친의 죽음은 남겨진 사람의 가슴속에서 그때까지 지녀온 삶의 가치를 송두리째 뽑아 버린다. 그러나 뽑혀진 뒤 땅의 기운을 받아 싹을 틔우고, 그리 믿음직하지 못한 생명력에 지탱하여 편하게 사는 방식을 사람들은 알고 있는지도 모른다.

그렇게 선량했던 부모님의 무참한 임종을 맞은 이래 나는 큰 병마를 물리치고 재기한 사람처럼 인생 전선에서 한 걸음 물러난 적이 있었다. 하지만 그런 까닭으로 앞으로는 세상을 편하게 살아갈 것이다.

하느님이나 부처님의 존재를 믿지 않는 나로서는 새삼스럽게 생물의 사이클에 감동할 뿐이다.

이별을 통해 겸허함을 배운다

내가 들어가게 될 묘지를 준비해 둔 지 벌써 8년이 되어 간다. 묘지를 생각하게 된 것은 퇴행적인 삶에 도전하고 싶었기 때문일지도 모른다.

어머니를 잃은 것은 6년 전, 아니 8년 전이었을 것이다. 고집 쟁이에게는 좋은 점도 있어서, 어떤 일을 생각하지 않으려고 노력하는 동안에 뇌신경의 일부가 마비되고, 좋지 못한 상황은 애매하게 흐릿해져 도움이 된다.

그렇지만 순간적인 사고로 둘도 없는 보물을 잃은 후유증은 내 몸 속 깊숙한 곳에 고스란히 남겨져, 그후로 나는 퇴행적으로 살아가고 있다는 것을 스스로도 느끼고 있다. 혹은 매사에 충분한 방어태세를 취하고 있다고나 할까.

내가 일본의사회와 요미우리 신문사가 주최한 「1억인 의료 체험기」의 심사를 받아들인 것은 퇴행적인 삶에 도전하고 싶었기 때문이다.

「의료체험」이라고 하면 말 그대로 투병이나 간병의 체험이다. 물론 행복한 기록일 리가 없다. 나는 인생의 여로에서 복병을 만나 비로소 세상의 두려움을 알게 된 사람이 오직 쓰기 위해 쓴다는 태도로 모든 신경을 펜으로 집중시켰을 생생한 체험기를 절실하게 읽고 싶었다. 어쩌면 심사위원의 이름을 빌려 나 자신이 몰래 구원받고 싶었던 것인지도 모른다.

응모작품은 매회 거의 3천여 편이 넘는다고 한다. 심사위원 앞으로 온 것은 얼마간 걸러져 선발된 작품으로 좁혀졌는데, 그 한편 한편을 차분히 읽으면서 나는 나 자신이 바라던 대로 일이 진행되는 것을 느꼈다.

응모자에게는 실례되는 말일지도 모르지만 나는 가슴아프고 허무한 일을 체험한 사람이 내뱉는 표현 하나하나에 크게 공감했고 위안받았으며 그리고 마지막에 구원받았다.

어머니를 잃었을 때 나에게는 삼라만상이 모두 원한의 대상이었다. 위로의 말을 해주는 사람에게조차 원망을 했다. 그때 단 한 번 마음이 부드러워지는 느낌으로 귀를 기울인 적이 있었는데, 그것은 친한 신문기자가 들려준 이야기였다.

그는 선천성 심장병을 갖고 태어난 자식을 수술 실패로 잃었다. 그것도 옆 침대에서 같은 병으로 입원한 같은 나이의 사내아이는 보기 좋게 성공하여 지금 훌륭한 성인으로 자랐는

데……. 그런 이야기를 그는 담담하게 말했다. 내가 조금씩 기력을 회복한 것은 아마도 그 이야기를 듣고 난 후부터였을 것이다.

응모원고를 읽으면서 내가 느낀 것은 정말 그 신문기자의 이야기를 들었을 때의 심정과 같았다. 인간의 힘이 미치지 못하는 경우에 처했을 때 하느님에게 기도하고 부처님에게 참배하면서 자신을 지탱하는 사람도 있다. 그러나 신앙이라는 것은 재능교육과 마찬가지로 유아기에 세뇌되지 않으면 몸에 익혀지는 게 아닌 것 같다. 실무와 실리로 단련되어 살아온 평범한 사람은 하느님을 비난하고 부처님을 원망하는 경지에 겨우 도달할 수밖에 없는 것이다.

예를 들어, 몇 해 전 가작으로 뽑힌 작품 중에 33세 주부의 수기가 있다. 생후 1개월 된 아들이 다운 증후군이라는 진단을 받고 나서부터의 이야기이다. "순조롭게 자라 준 딸에 비해 역시 표정이 부족하고 울 때도 얼굴을 찡그리고 전신의 힘을 짜내지만 목소리가 제대로 나오지 않는다"고 아이를 관찰하면서, "어차피 지능이 낮은 아이다" 하고 뒷걸음을 치다가 젊은 의사의 격려를 받으며 조금씩 회복해 가는 과정을 불평도 한탄도 없이 담담하게 써 내려갔다.

그리고 끝으로 그 주부는 역시 담담하게 이런 말을 적었다. "다운 증후군인 아들을 둔 어머니에게 99%의 사람들이 '가엾다', '안됐다'고 위로하고, 아주 드물게는 '오히려 더 예쁘지요?' 하고 말을 걸어오는 사람이 있다."

그 글을 읽으면서 나는 가슴이 미어져 왔다. 자기 자식의 수술 실패를 담담하게 말하면서 나에게 힘을 준 그 신문기자처럼 진정한 친절을 베풀 줄 아는 사람이 그녀의 주위에도 있었던 것이다. 수기는 "이 세상에는 강한 사람도 태어나고 약한 사람도 태어난다……나도 힘들어하는 사람에게 편하게 손을 내밀 수 있는 사람이 되고 싶다"고 끝을 맺었다. 신을 비난하지도 원망하지도 않는 경지에 내몰린 사람만이 쓸 수 있는 문장이라고 하겠다.

최근 들어 「남의 아픔을 아는 사람이 되자」고 목소리를 높여 외치는 것이 유행처럼 번지고 있다. 하지만 사람은 그렇게 쉽게 남의 아픔을 이해할 수 있는 것도 아니고, 또 그렇게 가볍게 자기의 아픔을 내비칠 수 있는 것도 아니다. 인간의 힘이 미치지 못하는 곳까지 떨어져 거기에서 자포자기하려는 생각으로 아슬아슬하게 버티고 있을 때에야 비로소 이 세상의 아픔을 이해할 수 있는 것이 아닐까.

자포자기할 생각으로 아슬아슬하게 버티면서 수기를 쓴 사람은 시즈오카 현에 사는 31세의 간호사였다. 수기는 생후 1년 2개월 된 딸에게 자궁암 진단이 내려진 시기부터 시작되고 있었다.

"그것은 전혀 예상할 수 없었던 말이었습니다. 눈앞이 캄캄하다는 말은 그저 그런 감정일 것이라고 막연하게 생각해 왔지만, 눈앞이 캄캄해지고 아무것도 보이지 않는 것이라고 그때 처음 알았습니다."

나는 숨을 삼키며 그녀의 글을 읽고 깊이 공감했다. 인생의 복병을 만났을 때 느끼게 되는 기분을 그녀는 정확한 표현으로 제대로 전달하고 있다. 아마도 수기를 쓴 사람은 일상적인 곳에서는 자신의 체험을 말하지 않을 것이다. 말한다고 무엇이 어떻게 되는 것도 아니다. 하지만 아무에게도 말하지 않고 가슴속에 묻어 두었다가 밤이 깊으면 혼자서 펜을 굴리면서 쓴 문장은 울음소리의 변형이라고 할 수 있다.

그때까지 병원의 간호사로서 암 환자를 돌보아 온 그녀는 "내 아이에게 이런 일이 생기리라고는 꿈에도 생각지 못했다"고 고백했다.

개복수술 결과 아이의 상태가 예상외로 심한 것을 알았다. 어깨의 동맥에 튜브를 연결하여 항암제를 놓았다. 그녀는 자동 액체 펌프를 들고 24시간 똑딱 소리를 들으며 약이 딸의 몸 속으로 잘 들어가는지 체크해야 했다. 그날 밤 손발을 묶어 놓고 방사선 치료를 받아 흥분이 가라앉지 않은 채 울어대는 딸을 주위 사람들에게 폐가 될까 봐 밤새도록 병실 복도에서 안고 달랬다.

딸은 항암제의 부작용으로 머리카락이 빠지고 피부는 보랏
빛으로 변색되었으며 어린 마음에도 악에 받쳐 눈빛이 매서워
졌다. 치료실에 딸을 맡기고 밖에서 기다리고 있으면 비명에
가까운 울음소리가 흘러 나왔다. 참다 못한 그녀는 정신없이
방으로 뛰어들어가 그만두라고 소리지르며 딸을 안아 올렸다.
그야말로 지옥을 방불케 하는 나날이었다.

딸은 방광의 출혈과 신우염 등을 되풀이하고, 어머니도 조산
과 신장 결석 수술 등을 겪으면서 끔찍한 4년이 흘렀다. 이제
딸은 가까운 장래에 재수술의 위험을 안고 있지만 유치원에도
다니게 되었다. 어머니는 다시 직장에 들어가 간호사로 일하고
있다.

최근 여성의 자립의 목소리를 높이는 것이 일종의 유행처럼
번지고 있지만, 진정한 자립이란 이런 와중에도 재취직을 하는
것일지도 모른다.

그녀의 수기는 "어째서 계속해서 우리만 불행한가 하고 남
편과 손을 부여잡고 울었습니다. 그러나 언제까지 슬퍼할 수만
은 없었습니다. 비장감은 사라졌습니다. 어떤 상태가 되어도
정면으로 부딪칠 수밖에 없습니다" 하고 상황을 받아들였다.

자포자기하지 않고 아슬아슬하게 버티면서 살아가는 그녀의
자세는 나를 감동시켰고 위안을 주었으며, 그것으로 나는 구원
을 받았다. 대회의 심사를 개인적인 사정으로 받아들였던 나의

이기적인 출발이 새삼 송구스러워졌다.

최근 작품으로 마음속에 남는 것은 오사카에 사는 48세 남성이 쓴 수기이다. 그는 45세에 폐암으로 쓰러진 아내에게 마지막까지 병명을 알리지 않았던 것에 대해 그것으로 만족한다고 적었다. 처음에 그는 거짓말하는 것을 참지 못해 아내에게 알려 주려고 생각했다. 그러나 "부인은 종교에 관심이 없으신 듯하니 알리지 않는 게 좋겠다"는 의사의 충고를 따랐다.

신앙을 갖지 않은 나는 이 부분에서 당연히 이야기에 빠져들기 시작했다. 결론적으로 그는 이렇게 말했다.

"만약 아내가 병명을 알았다면 '암이니까 이렇게 아프다'고 생각하며 살려는 희망을 갖지 않았을 것이다. 건강한 사람은 환자에게 진실을 알아차리지 못하게 해야 하며, 그 정도의 괴로움은 참을 수 있어야 한다."

인간의 힘이 미치지 못하는 병마와 싸워 본 사람만이 가지는 겸허함에 나는 압도되었다. 그전부터 만약 내가 암에 걸리면 반드시 알려 주기를 원했고, 지금도 그 바람은 변함 없지만 지금까지 나는 암의 고지에 대해 얼마나 경박하게 판단하고 있었는가. 운명을 받아들이고 거짓말에 의지하며 마지막까지 희망을 잃지 않고 살아간 그들 부부의 진실과 비교할 때, 묘소를 준비해 놓고 퇴행적으로 살아가는 나의 사치스러움이 부끄러웠다.

도쿄에 사는 38세 주부의 수기에 적혀 있던 지독한 에피소드도 잊을 수 없다. 역시 암 말기인 어머니를 간호한 이야기였는데, 그녀는 어머니에게 봄이 찾아오기를 바라며 매일 병실에 매화, 모과꽃, 벚꽃 등을 가져다 꽂았다. 어머니는 그 꽃을 좋아했는데 어느날 냉담하게 말했다.

"꽃 같은 것 필요 없다."

그리고 "그만큼 노력했으면 됐다"고 죽음이 드리워진 얼굴로 말하고는 며칠 후에 딸에게 아버지를 불러 모두에게 알리라고 하였다. 이렇게 사람들과의 작별을 스스로 맡아 하고는 숨을 거두었다.

본인에게는 죽을 때가 그토록 명료한 것일까. 어떻게 살아야 하는지의 테마는 이미 다양한 형태로 논의되고 있지만, 어떻게 죽어야 하는지에 대해서는 적어도 나는 지금까지 생각해 보지 않았다. 어머니를 잃고 허를 찔려 지금껏 제대로 회복하지 못하고 있는 것은 그 때문일 것이다.

죽는 방법, 죽게 하는 방법, 죽음에 다가가는 방법, 죽음에 다다른 상태의 깨달음 등에 대하여 좀더 빨리 추구했어야 했다. 그것은 겸허하게 살아가는 것과도 통할 것이다.

자신의 경험을 바탕으로 어떻게 죽어야 하는지에 대해서 쓴 체험기도 잊을 수 없다. 「일본의사회 상」을 수상한 도쿄의 유가와 시게코라는 48세의 주부가 쓴 수기이다.

췌장에서 시작된 암이 간장, 복막으로 전이되어 손을 쓸 수 없을 정도가 된 남편을 퇴원시켜 집에서 숨을 거둘 때까지 돌보아 온 간병 수기이다.

병원은 완치를 기대하는 환자에게는 꼭 필요하지만, 얼마 남지 않은 환자에게는 더이상 미련이 없다고 그 아내는 판단했다. 그리고 남은 인생의 끝자락에서 서로 기대고 위로하는 것이 가장 좋다고 생각하여 담당 주치의를 찾아가 "제발 마지막까지 가족이 돌보게 해주십시오" 하고 부탁했다. 그러자 젊은 의사는 "어떻게든 해보겠다"고 스스로에게 맹세라도 하듯이 말하고 말기 암 환자를 밤낮 없이 왕진해 주었다.

남편은 매일 밤 날이 밝아올 때까지 아내와 함께 지나온 일과 앞으로의 일을 이야기하며 남은 시간을 보냈다. 그러던 어느날 새벽 남편은 흐린 의식 속에서 아내의 이름을 부르고 55세의 생을 마감했다.

아내는 "의학으로 생명은 건지지 못했지만 잘 보살펴 준 의사 덕분에 환자와 가족의 마음은 커다란 도움을 받았다"고 수기의 끝을 맺고 있다. 정말 부러울 정도로 좋은 마지막이라고 할 수 있겠다.

죽어가는 사람은 얼마 남지 않은 나날을 보내면서 가족에게 죽는 방법을 보이고, 가족은 죽어가는 사람에게 매달리면서 죽는 방법에 대하여 생각하는 것이 영원한 이별에 대한 예의라는 사념이 문득 들었다. 그리고 또다시 차바퀴에 목숨을 잃은 어머니를 떠올리며, 나의 어머니도 적어도 병으로 돌아가셨더라면 사라져 가는 생명에 매달려 보기라도 했을걸 하고 억울해하였다.

사람은 천성적으로 망각이라는 능력을 가지고 있어 나도 그 능력의 도움을 받고 있지만, 아슬아슬한 곳에서 잠시 머무르면서 망연자실하며 살아온 그 무렵의 일을 나는 평생 잊지 못할 것이다.

그런데 지금은 묘하게도 하느님을 원망하고, 부처님을 탓했던 그 무렵의 생각이 나를 지탱해 주고 있다.

> 죽는 방법, 죽게 하는 방법, 죽음에 다가가는 방법, 죽음에 다다른 상태의 깨달음 등에 대하여 좀더 빨리 추구했어야 했다. 그것은 겸허하게 살아가는 것과도 통할 것이다.

혼자 하는 여행의 묘미와 손실 따지기

1990년의 일이다. 대학을 졸업하고 전기회사에서 일하기 시작한 조카가 첫 여름휴가를 이용하여 베를린에 가보고 싶다고 했다. 여름휴가가 지나면 소속이 정해지기 때문에 그전에 능력을 발휘할 수 있도록 재충전해 두고 싶다며 제법 어른스러운 소리를 한다.

왜 하필 베를린이냐고 물으니 "뭐니뭐니해도 지금은 베를린이기 때문"이라고 뭔가를 아는 듯한 말을 하였다. 기계 전공인 그애에게도 둘로 갈라진 나라가 통일된 것이 신선해 보였을까, 아니면 이제 사회인으로서 관심을 가진 것일까.

어쨌든 나도 흔쾌히 찬성하고 동행을 결심하였다. 가족이 없는 나에게 모자간 정도의 나이차가 나는 남자아이와 떠나는 여행은 처음이었다.

일단 파리에 도착하자마자 서로에게 익숙하지 못한 두 사람의 여행 차이가 고스란히 드러났다. 나는 기차를 갈아타는 데 걸리는 시간을 아껴서 조카에게 관광을 시키려고 가이드를 고용하고 차를 빌려 매우 효과적으로 명소를 돌아다녔지만 이것이 조카에게는 달갑지 않은 친절이었던 모양이다.

"거리를 걷다가 마음에 드는 곳에서 쉬는 게 좋아요. 내 마음 내키는 대로 다니고 싶어요."

그렇다면 나도 좋다. 그래서 우리는 동베를린에 도착해서는 따로 움직였다. 나는 평소처럼 혼자 여행하는 페이스를 취했다.

동베를린은 듣던 대로 정말 기가 막히게 변하고 있었다. 출발할 때 여행사에서는 당일로 돌아오면 괜찮지만 동베를린에서 묵을 경우 반드시 호텔에서 비자를 받으라고 했는데 현지에 도착하니 이미 비자는 필요가 없었다. 오래 된 제도는 하루아침에 달라지고 있었다. 거리에는 관광용 쌍두마차가 초로의 관광객을 태우고 조용조용 흔들리며 달리고 있었다.

동·서독이 통일되면 군대가 필요 없을 것이라고 미리 넘겨짚은 군인들이 버리고 갔는지 쓰던 낡은 군모를 여기저기에서 2천엔(약 2만원) 정도에 팔고 있었다.

동베를린의 약칭 DDR 명찰도 한 개에 1천엔(약 1만원) 정도로 날개 돋친 듯이 팔리고 있었다. 사라진 국가의 명칭이 마니아 사이에서 진귀한 취급을 받을 거라고 예측하고 장사를 하는 것이다.

좌우간 돈이 된다면 무엇이든지 팔아대는 이 엄청난 행동은 이미 사회주의를 완전히 탈피하고 있었다. 이데올로기 따위는 돈 앞에서 이렇게 무력한 것일까.

따로 떨어져 여행하던 조카는 저녁에 커다란 장벽 조각을 들고 호텔로 돌아왔다. 조카는 아주 자랑스러워하며 말했다.

"쇠망치와 끌을 30분간 5백엔(약 5천원)에 빌려 주고 있어서 벽을 헐어서 가져왔어요."

한 나라의 끝을 자기 손으로 실감해 보았을까. 조카 덕분에 나로서는 상상할 수 없었던 관점으로 사물을 보게 되었다. 이번 여행에서는 4개의 눈으로 관광할 수 있다는 사실이 가슴을 두근거리게 했다.

그러자 오랫동안 혼자 여행을 다닌 것이 무언가 손해를 본 듯한 기분이 들었다. 물론 혼자 다니는 여행의 묘미 또한 무엇과도 바꿀 수 없지만……

내가 너무 욕심쟁이인가 보다.

모두 모여 식사한다고 꼭 즐거운 것은 아니다

마쓰시타 연구소는 잘 알려진 대로 마쓰시타 고노스케 씨가 21세기를 이끌어 갈 젊은이들을 양성하려는 목적으로 세운 연구기관이다. 얼마 전 그 연구소의 연구 발표를 방청할 기회가 있었는데, 젊은이들이 예상외로 고령사회에 많은 관심을 가지고 있다는 것을 알았다.

복지사회에 대해 배우려고 스웨덴까지 가서 실태를 조사하고 돌아온 연구생도 있었다.

그 연구생은 스웨덴의 양로원 식당에서 멋진 테이블에 둘러앉아 식사를 하는 노인의 사진과, 일본의 양로원에서 각자 자기 침대에 앉아 식사를 하는 노인의 사진을 비교하면서 일본은 복지예산을 더 늘려야 한다고 주장했다. 나는 그 젊은 연구생의 열의에는 감동했지만 무리한 이야기라는 생각이 들었다.

"2장의 사진을 비교해 보면 나에게는 아무래도 일본 양로원이 살기 편할 것 같습니다. 둥글게 둘러앉아 식사한다고 해서 꼭 즐거운 것은 아니지요.

내가 혼자서 식사하는 데 익숙해져 있기 때문인지 모르지만, 침대를 나란히 하고 아무 말 없이 자신의 밥그릇을 대하는 것이 오히려 쓸데없는 데 신경 쓸 필요도 없어 더 편하지 않을까요? 보이는 것만으로 판단할 일은 아니지요.”

내 말에 젊은 연구생들이 한꺼번에 웃었던 것은 짓궂은 아줌마의 시비(?)가 우습게 여겨졌기 때문이었으리라. 하지만 그래도 절반은 진심이었다.

부모님을 잃고 나서 나는 신문이 오기를 기다려 신문 사이에 끼워져 온 광고지를 뒤져댄 적이 있었다. 2세대 동거주택의 방 배치도에 마음을 빼앗겼기 때문이다. 부모님의 만년을 함께 보내지 않은 것이 후회되어 견딜 수 없자 이런 행동을 하게 된 것이다.

모든 것이 끝난 뒤의, 말하자면 일종의 푸념 같은 행위였다. 주변 사람들이 왜 광고지만 뒤지는지 물었지만 나는 입을 다물었다. 아무에게도 본심을 말하지 않았다.

그 연구 발표에서 내게 강렬한 인상으로 남은 것은 본론이 아니라 한 여자 연구원이 무심코 흘린 한마디였다. 그녀의 조사에 의하면 싱가포르에서는 아파트를 신축하면 1층은 노인의 휴식처로 사용하는 경우가 많다. 그뿐 아니라 노인대책의 일환

으로 학교에서는 아이들에게 효도를 중점적으로 가르치고 있
다고 한다. 어릴 때부터 가족의 의미를 주입시킴으로써 가족의
형태를 무너뜨리지 않으려는 사상임에 틀림없다.

고령사회 문제는 노인복지 시설을 늘리는 것으로, 출생률의
감소는 출산수당을 늘리는 것으로 해결하려는 사고방식은 기
본적으로 가족의 의미를 무시하는 것이다. 그리고 그것은 자연
스러운 생활을 부정하는 것이 아닐까.

나는 노인대책에 관한 한 유럽이나 북미보다 아시아에서 배
울 점이 더 많다고 장담한다.

4 그래도 싱글 라이프로 사는 이유

싱글 라이프에게는 뭔가 특별한 것이 있지 않을까.

확실히 싱글 라이프로 살아온 사람에게는

몸 속의 골수쯤에 본능보다 좀더 강인한 뭔가가 있는 모양이다.

이런 강인함이 있어서 싱글 라이프가 되었는지,

아니면 싱글 라이프로 살아가는 동안 생기게 되었는지는 확실하지 않지만.

시간이 지날수록 더욱 빛나는 싱글 라이프

얼마 전 『독신생활의 멋』이라는 수필집을 출간하였다.

그 책의 제목을 결정할 때 출판사의 편집장과 나는 서로 의견이 달랐다. 분명히 나는 청춘시절의 끝자락에 고향을 떠나 도쿄에서 지금까지 싱글 라이프로 살고 있다. 그렇다고 일부러 그것을 책의 제목으로 강조할 것까지는 없다는 게 나의 생각이었다.

편집장은 베테랑 여성이었는데 내 이야기를 건성으로 듣고 나서 단호하게 예정대로 제목을 붙이겠다고 했다.

"고민할 것 없어요. 모르세요? 독신생활이 어때서요? 지금이야말로 커다란 소리로 선생님 생활의 참 멋을 강조해야 할 때입니다. 최근에 독신생활을 꿈꾸는 여성이 굉장히 늘어나고 있어요."

'그거야 그렇겠지' 하며 나는 슬그머니 그 제목에 동의하게 되었다.

결론부터 말하자면 여자가 독신생활을 시작한다고 별안간 참 멋 따위를 느낄 리가 없다. 더욱이 젊은 여성이 혼자 사는 것에 대해 나는 그다지 권하고 싶지 않은 심정이다.

그 이유를 간단히 말하면 사람에게는 외로움을 참는 데 한계가 있기 때문이다.

밖에서 나쁜 일이 있어서 잔뜩 움츠러든 마음으로 집에 돌아오면 현관에 불이 켜져 있고 정원에는 깜빡 잊고 채 걷지 못한 빨래가 널려 있고 거실에는 따뜻한 물이 끓고 있다. 너무나 잔잔한 평화로움에 공연히 심술이 나서 소리를 지른다.

"뭐야, 빨래도 그냥 걸려 있고! 밤새 비라도 내리면 어쩌려고 그래?"

이렇게 한바탕 소리를 내지르면 어느샌가 좀 전의 움츠러들었던 마음이 어딘가로 날아가 버린다. 이런 풍경은 가족과 함께 살고 있는 경우 흔히 볼 수 있다.

하지만 혼자 사는 경우에는 그렇지 않다. 아무리 움츠러져서 집에 돌아와도 현관에 불이 켜져 있는 것도 아니고 불평을 들어 줄 상대가 있는 것도 아니다. 지루하기만 하다.

이렇게 잠자코 방바닥에 주저앉는 생활을 되풀이한다면 어떻게 될까. 자신은 눈치 채지 못하는 사이에 가슴속이 일그러지고 바늘구멍만한 아주 작은 일에 침울해지기도 하고 평소에는 아무렇지도 않던 말에 안색을 바꾸며 버럭 화를 내는 일이 많아질 것이다.

사람의 생활이란 신기하게도 다른 사람의 배려나 왁자지껄한 분위기, 사무적인 일이나 터무니없는 이야기, 잡동사니 등이 있어야 밸런스가 유지된다. 하지만 독신생활에는 그런「필요 무익」한 일이 없다.

내가 도쿄에 와서 처음으로 단칸 셋방에서 살기 시작했을 때, 나는 무의식중에 빈 상자나 빈 병 등을 방안 가득히 늘어놓았다. 역시 시골에서 올라와 혼자 살고 있는 친구를 찾아가 보았더니 그녀는 두 칸짜리 방안에 테이블과 책장, 삼면경, 침대 등 좌우간 늘어놓을 수 있는 한도 내에서 물건을 다 늘어놓고 살고 있었다. 지금 생각해 보면 나나 그 친구나 그렇게 주변을 어수선하게 해놓고 마치 가족에 에워싸여 있는 것처럼 외로움을 감추고 있었던 것이리라.

왜 싱글 라이프의 그림자 부분부터 이야기를 시작했는가 하면, 장난삼아 싱글 라이프를 꿈꾸는 사람의 눈을 뜨게 해주고 싶다는 생각에서이다. 장난으로 사랑을 하면 청춘의 에너지를 그만큼 낭비하는 것이듯, 장난삼아 혼자 살기를 꿈꾼다면 몸과 마음뿐 아니라 금전적으로도 소모가 되고 얻어지는 것은 아무것도 없다.

하지만 극한상황까지 밀려서 더 밀려날 곳이 없는 상태에서 발을 들여놓더라도 싱글 라이프에는 아름다운 빛이 있다.

무엇보다 이 세상의 그 무엇과도 바꿀 수 없는 자유가 내 손 안에 있다. 이 넓은 하늘 아래 나 혼자라는 것은 아무에게도 의지할 수 없다는 점도 있지만, 생각을 바꾸면 무엇이든 자신이 노력만 하면 해결할 수 있다는 말이 된다. 모든 책임이 나 자신에게 있는 이상 기쁠 때는 웃고 슬플 때는 울면서 열심히 살아가는 충실함을 가진다. 싱글 라이프의 참 멋은 바로 여기에 있을 것이다.

갑자기 이야기가 참 멋으로 비약되었는데, 자유를 만끽하기까지에는 외로움과의 싸움이 도사리고 있다는 것은 말할 나위도 없다. 이 외로움에 대한 대책이야말로 각자가 가진 지혜를 마음껏 발휘할 수 있는 부분이다.

한 가지 예를 들어 보면 단골 가게를 확보하는 것도 좋은 방법이다. 상가를 여기저기 기웃거리면서 단골 가게를 만든다. 마음씨 좋은 아주머니나 입은 걸어도 본성은 친절한 아저씨, 좀 거칠어도 선을 지키는 청년 등이 눈에 띄면 그 가게를 단골로 정하고 범위를 함부로 넓히지 않도록 한다.

둘러보며 돌아다니는 범위는 넓게, 쇼핑 범위는 좁게 하는 것이 비결이다. 단골 가게를 만들어 두는 것이 무슨 보탬이 될까? 이것은 일종의 가족 역할을 해준다.

나는 상가에 갈 때 지갑을 들고 가지 않는다. 지갑 없이 통하는 가게가 8군데는 확보되어 있기 때문이다. 감기에 걸려 앓아 누웠다고 치자. 8군데 중 한 곳인 과일가게 아주머니가 죽을 쑤어 갖다 주고, 꽃집 총각은 내가 부탁한 주간지를 사들고 올라와 더 필요한 것은 없냐고 묻는다. 내가 사는 곳은 7층이지만 이곳까지도 동네의 인정이 올라와 주는 것이다.

아무리 시대가 흐르고 기술이 발전해도 사회는 간단하게 바뀌지 않는다. 싱글 라이프로 지내다 보면 먼 친척보다 오히려 가까운 이웃이 더 친밀하게 느껴진다.

두번째는 사각지대에 놓여진 시간과 연말 연시나 연휴의 대책을 궁리하는 것이다. 사각지대에 놓여진 시간이란 한밤중을 말한다.

TV도 끝나고 마을도 잠들고 사람도 꿈나라로 가서 조용한데 혼자 잠이 안 올 때는 어떻게 할까. 이럴 때 나는 주로 빨래를 하는 편이다. 나에게는 지금도 세탁기가 없다. 한밤중에 옆집에 피해 주지 않으려고 모두 손빨래를 하고 있다.

속옷이나 겉옷, 침대 시트와 테이블보 등을 모두 한밤중에 세탁하려고 얇은 천으로 샀다. 빨래를 하고 기분 좋게 피로해진 후 목욕으로 땀을 내고 숙면을 취하면 다음날은 대부분 말라 있기 때문에 다림질을 할 필요도 없다. 이외에 24시간 편의점 가까이에 사는 것도 좋은 방법이고, 심야에 이야기를 나눌 전화 친구를 만들어 두는 것도 한 가지 방법이다.

그 다음은 연말 연시와 골든 위크 등의 연휴가 문제이다. 나는 이 시기에 도쿄에 있었던 적이 거의 없다. 대만이나 한국이면 비용도 국내 여행과 다를 바 없기 때문에 그다지 부담이 되지 않는다. 매번 외국에 가지 않더라도 국내의 산간벽지에 가 보는 것도 재미있는 일이다. 아직도 노토 반도 끝에는 전기가 들어오지 않고 등잔을 켜는 여관이 있는데 그곳에서 새해를 맞은 적도 있었다.

혼자 살든 둘이 살든 결국 누구나 마지막에는 혼자 죽는다. 살아 있는 동안만큼은 하루라도 기분 좋은 날을 많이 만들겠다고 단세포적으로 지내온 덕분에 나는 하루하루를 열심히 살면서 삶의 충실함을 맛보았다. 그리고 자유도 손에 넣었다.

> 이 넓은 하늘 아래 나 혼자라는 것은 아무에게도 의지할 수 없다는 점도 있지만, 생각을 바꾸면 무엇이든 자신이 노력만 하면 해결할 수 있다는 말이 된다. 싱글 라이프의 참 멋은 바로 여기에 있을 것이다.

싱글 라이프에게는 특별한 것이 있다

30대 무렵에 "부모님이 안 계신가요?"라는 질문을 곧잘 받았다. 그래서 "아니요, 모두 계세요"라고 대답하면 상대방은 당혹스런 표정을 지었다. 질문의 의도는, 부모가 건재한 양갓집 규수가 어쩌다가 독신으로 살게 되었을까 하는 것이다.

이유를 들자면 여러 가지를 들 수 있지만 어느 것도 확실한 근거일 리가 없다. 결국은 어쩌다 보니 이렇게 되었다고 대답하는 것이 가장 정확할 것이다. 인생은 어떤 노력이나 계산으로는 추측할 수 없는 흐름에 지배되고 있다.

다만 한 가지 분명하게 말할 수 있는 것은 싱글 라이프로 살아온 사람에게는 몸 속의 골수쯤에 본능보다 좀더 강인한 무언가가 있다는 것이다. 이런 강인함이 있어서 싱글 라이프가 되었는지, 그렇지 않으면 싱글 라이프로 살아가는 동안에 생기게 되었는지는 확실하지 않다.

얼마 전 주간지에 실린 여배우 이즈미 마사코 씨의 말에 나는 같은 싱글 라이프로서 크게 공감했다. 이제 이즈미 씨는 북극탐험가로 더 유명하다.

"북극에 갈 수 있었던 것은 연기 일이 잘 안 풀렸기 때문입니다. 그렇지 않았다면 이렇게 도약할 수 없었을 거예요."

나는 그녀의 말에서 싱글 라이프만의 여유와 강인함을 느꼈다. 싱글 라이프의 장점은 어떤 일을 하려고 할 때 자신의 의지 하나만으로 뛰어들 수 있다는 점일 것이다.

실은 나 자신도 인생의 커다란 전환을 비교적 어렵지 않게 해낸 적이 있었다. 글을 쓰기 시작하면서 얼마간은 직장여성을 대상으로 한 글을 썼다. 그러다 한계를 느낀 것은 1975년부터였다. 즉, 그해에 일이 「안 풀리게」 되었기 때문이다.

1975년은 국제연합(UN)의 제창으로 멕시코에서 국제여성회의(國際婦人會議)가 개최된 해이다. 나는 물론 많은 관심을 가지고 현지에 갔다. 국제연합은 나라마다 처한 사정이 다르므로 하나의 슬로건을 정하는 것이 곤란했던지 단순하게 남녀평등을 주장하지 않고 대신 멋진 슬로건을 걸어 놓았다.

남녀의 차이는 인정하자. 그러나 차별은 하지 말아야 한다
difference, but, not, inequality

하지만 웬일인지 일본의 여성해방 운동가들은 남자와 여자

가 같다는 평등론을 주장하였다. 그들과는 다른 생각인 나는
당연히 그 부류에서 떨어져 나왔다.

　그러면서 일이 잘 안 풀리게 된 나는 거기에 머물지 않고 평
소에 관심이 있었던 전후사 발굴로 테마를 바꾸었다. 전부터
언젠가는 다루려고 생각했기 때문에 자료는 이미 충분할 정도
로 준비되어 있었다. 자칫 주저앉아 버릴 시기에 나는 기회가
왔다고 잔뜩 벼르고 덤벼든 것이다.

　새로운 일에 도전하려면 반드시 얼마간의 시간이 필요한데,
그 기간에 수입이 없어도 부담스럽지 않다는 한 가지 사실만으
로도 독신인 내 생활이 좋았다. 그때의 일을 생각하면 홀가분
한 싱글 라이프에 깊이 감사하게 된다. 부양가족이 없는 생활
이었기 때문에 인생의 전환점에서 비참하게 멈추어 서지 않고
전진할 수 있었다고……

건방을 재산으로 산다

나는 여자치고는 꽤 콧대가 높은 편일 것이다. 쉽게 표현하자면 건방진 것이다. 그다지 좋은 성격이 아니니 고칠 수만 있다면 고치고 싶었지만 이제는 포기하고 있다. 고칠 수 있는 것이었다면 어떻게든 고쳤을 것이다.

우리 직업은 다소 오만하게 굴지 않으면 해나갈 수 없는 것 또한 사실이다. 28세에 처녀작을 발표하고부터 지금까지 그럭저럭 내가 펜으로 먹고 살 수 있었던 것 중의 하나는 건방졌던 덕이라고 생각한다.

예를 들면 책이 출간된 뒤에 서평이 나오는데 때로는 다소 엉뚱한 평을 받기도 한다. 글쓴이에게 책은 자식과 같기 때문에 그 자식이 생판 남에게 무책임한 비평을 받으면 부모는 당연히 화가 난다.

가장 신경을 건드리는 서평은 "저자는 좀더 감정을 몰입해서 써야 했다"라든지 "사실에 충실한 것은 좋지만 구성상 짜임새가 부족하다"는 평이다. 겸허하게 듣고 자신을 경계해야 할 귀중한 충고이지만 나는 이런 평을 들으면 마음속으로 '흥, 제대로 알지도 못하면서' 하고 무시해 버린다.

논픽션의 방법에는 여러 가지가 있겠지만 나는 애써 개인적인 감정을 집어넣지 않으려고 노력한다. 다소 서툰 문장이더라도 사실을 극명하게 좇는 것으로 나의 의지를 드러내려는 의도에서다. 감정을 집어넣고 몇 가지 연출을 가미하여 쓰려고 노력하는 사람도 있겠지만, 나는 그런 방법을 쓰지 않는다. 그 대신 테마에 대해 무조건 열성적으로 승부를 건다. 좋든 싫든 나에게는 이 방법뿐이다.

나의 이 방법론을 부정하는 평에 대해서는 나 자신도 놀랄 만큼 강인하게 대해 왔다. 그저 수긍만 하다 보면 소중한 것을 잃어버리게 될지도 모르기 때문이었다. 자신이 있다 없다, 강하다 약하다고 하는 미묘한 차이이기는 하지만 나는 앞으로도 마음이 내키는 대로 오만하게 굴면서 나 자신의 태도를 지켜갈 것이다.

이렇게 건방진 내가 스스로도 놀랄 정도로 변신하여 머리를 조아리는 때가 있다. 원래 나는 서점에 책이 나오고 얼마 동안은 서점에 가보지 않는다. 쑥스러운 것은 물론이지만 부수가 적으면 추가주문을 하고 싶어 마음이 조급해지고, 산더미처럼 책이 많이 쌓여 있으면 부담스러워져 어느 쪽이든 스트레스를 받기 때문이다.

책이 서점에 진열되고 보름쯤 지나면 독자로부터 반응이 날아온다. 그 하나하나를 나는 겸허하게 받아들인다. 그중에는 잘못을 지적하는 내용도 있는데, 간혹 그 지적이 잘못되었을 때도 있다. 그럴 때도 나는 '흥, 제대로 알지도 못하면서'라고 생각하지 않는다. 상대방의 마음에 상처를 주지 않도록 몇 번이고 다듬어 정중한 답장을 쓸 때가 많다.

이제 나는 TV 출연을 사양하고 있지만 책을 낸 후에 그 책에 관해 이야기하고 싶다는 의뢰가 있을 때만큼은 반색하고 출연한다. 타계한 아리요시 사와코 씨는 신간에 관한 인터뷰가 들어오면 이렇게 거절한다는 에피소드를 들은 적이 있다.

"책이 일단 저자의 손을 떠나면 시장에 맡기는 것이기 때문에 나는 아무 말도 않고 지켜보고 싶습니다."

좋은 태도와 방법이지만 나로서는 도저히 따를 수 없다.

사람에게 행운과 불운이 있듯이 책에도 행운과 불운이 있다. 별로 기대하지 않고 낸 책이 뜻밖에 히트한다든지, 한껏 기대에 부풀어 낸 책이 웬일인지 전혀 반응을 보이지 않을 때도 있다. 아무리 베테랑 편집자나 영업사원이 머리를 맞대어도 베스트셀러는 예측할 수 없다고 한다. 사람과 마찬가지로 책에도 운이라고밖에 말할 수 없는 무언가가 있는 듯하다.

남의 이야기가 아니라 나의 신간이 하마터면 불운을 당할 뻔했다. 『아마미의 원폭 소녀』를 출간한 것은 7월 20일이었다. 「원폭의 날」을 보름쯤 남겨 두고 있어 그날을 타깃으로 출판한 것이다.

『아마미의 원폭 소녀』는 아마미 섬(奄美島, 일본 남쪽 끝 가고시마 현에 있는 섬)에 40년간 묻혀 지내던 피폭자를 파헤친 일종의 르포였다. 어떻게 그렇게 멀리 떨어진 섬에 피폭자가 있을 수 있었을까. 전쟁중에 특산품인 명주의 생산이 금지되었기 때문에 옷감을 짜던 여자들은 할 일이 없어지자 나가사키의 무기 공장으로 보내졌기 때문이다.

그러면 어떻게 그토록 오랫동안 그들의 존재가 알려지지 않았을까. 그것은 섬의 지역적 특성이나 인습 때문이 아니었을까. 명주를 짜면 어떻게든 생계는 해결할 수 있기 때문에 그들은 힘든 기억을 입밖에 내지 않고 집에 들어앉은 것이다.

이 사람들의 입을 열게 해서 1년 가까이 정리한 책이 원폭 당한 날을 얼마 안 남기고 출간한 『아마미의 원폭 소녀』였다. 당연히 반응이 없을 리가 없지 않은가. 나는 예전의 아리요시 씨와 비슷한 심경을 맛보면서 서재에서 기분 좋은 나날을 보내고 있었다.

하지만 책을 팔기 시작한 지 일주일이 지나고 보름이 지나고 한 달이 지나도 독자의 반응이 전혀 없었다. 평소의 오만했던 모습은 어느새 자취를 감추고 나는 다리가 후들후들 떨릴 정도로 허둥대기 시작했다. 혼신을 다한 작품이었고 비사(祕史)를 파헤쳤다는 자부심도 있었다. 또 시의적절하기로는 이보다 좋을 수가 없었다.

그럼에도 독자가 전혀 반응을 보이지 않는 것은 도대체 무엇 때문일까. 평소의 오만함은 어디론가 사라지고 나는 건물의 7층에 있는 작업실의 창으로 석양을 바라보며 자신의 미력함을 절감하고 있었다.

그러던 어느날이었다. 한 통의 엽서가 날아들었다. 어느 신문사의 차장이 보낸 엽서로, 나와 안면은 없었다. 신문기자라고는 생각할 수 없을 정도로 깨끗한 글씨로—신문사에는 글씨를 휘갈겨 쓰는 사람이 많다—엽서에 빼곡하게 쓰여진 것은 『아마미의 원폭 소녀』를 읽고 난 소감이었다.

그런 섬에 피폭자가 있었다는 사실에 놀랐으며, 어떻게든 그 사실을 세상에 알리려는 나의 의도가 행간에서 전해져 왔다는 내용이었다. 나는 엽서를 손에 든 채 방안에서 펄쩍펄쩍 뛰었다. 그 자리에서 답장을 쓴 것은 두말 할 나위도 없다.

이 엽서를 시작으로 물밀듯이 독자의 편지가 쏟아져 들어왔다. 히로시마 피폭자의 편지에는 "우리만 괴로운 체험을 한 것이 아니라는 생각에 구원을 받은 느낌"이라고 적혀 있었다.

또, 나가사키의 피폭자로부터는 "피폭의 영향이라고 생각되는 악성 암에 걸려 앞으로 살 날이 얼마 남지 않았다. 살아 있는 동안에 아마미에 가고 싶다. 부하직원 중에 아마미에서 온 젊은 여성이 많았는데 그들이 모두 즉사했기 때문"이라는 편지를 받았다.

그리고 그후 나가사키의 원폭병원에서 연락이 왔고, 가을에는 일본적십자사의 의사단이 아마미의 피폭자를 왕진하기로 했다고 알려왔다.

적중하지 못한 책의 반응에 최악의 상태로 허덕이던 나는 이리하여 한 달여 만에 웃는 얼굴로 자신을 되찾았다.

책이 팔리는 것에 촉각을 곤두세우는 태도가 경망스럽다고 생각하면서도 30여 년이나 이 길을 걸어왔으니 이런 내 행동이 한심하다는 생각이 들지 않는 바도 아니다. 하지만 생각해 보면 책을 쓰는 즐거움은 그야말로 독자의 반향으로 일희일비하는 데 있다고 할 수 있을지도 모른다.

불특정 다수의 독자를 상대로 하는 것이지만 독자의 반응은 단 한 사람의 저자를 상대로, 서로 잘 아는 오래 된 사이처럼 직접적이고 솔직하다. 가벼운 책에는 가볍게 반응해 오고 무거운 책에는 진지하게 반응해 온다.

행복이나 불행이 젊었을 때만큼 짜릿하게 몸으로 느껴지지는 않지만 침착하게 반격해 오는 독자의 반응에서 나는 새삼스레 나의 일에 대한 행복에 젖는다.

아, 돈이 없으면 안됩니다!

언젠가 신문사가 주최한 강연회에서 한 청중에게 질문받은 적이 있었다. 르포 기사를 준비하고 있다는 그 사람은 취재 경비가 모자라서 일이 순조롭게 진행되지 않는데 어떻게 하면 좋겠냐는 것이었다. 나는 곧장 이렇게 대답했다.

"아, 돈이 없으면 안됩니다!"

그러자 여기저기서 폭소가 터졌지만, 나의 마음은 지금도 같은 생각이다.

바로 얼마 전에도 비문을 확인하는 일 하나만을 위해 히로시마까지 당일로 다녀온 적이 있었다. 히로시마에 있는 평화공원의 한쪽에 원폭으로 죽은 교사와 어린이들을 추모하는 비가 있는데 그 비의 뒷면에 새겨진 글을 확인하기 위해서였다. 내 기억으로는 「남은 뼈 있음」이 맞다고 생각했는데 직접 가서 확인해 보니 내가 잘못 알고 있었다.

굵은 뼈는 선생님의 것일 터
그 곁에 작은 머리의 뼈가
모여 있노라.

「작은 머리의 뼈」라는 너무나 소박하고 절실한 표현만으로
도 나는 불원천리하고 달려온 보람이 있다고 생각했다. 그래도
이 3줄을 위해서 들인 왕복 5만엔(약 50만원)은 논픽션에 돈이 많
이 든다는 말을 다시 한번 실감나게 한다.

모든 것이 늦되는 나는 피폭자 문제에 대해서도 그동안 별로
관심을 갖지 않았다. 그러다가 오늘날에 와서 피폭자를 둘러싼
테마에 밤낮 없이 매달리고 있다.

그 동기는 아마미 섬에서 피폭당한 정신대 출신이 있다는 사
실을 알게 된 것이었다. 섬에서 명주를 짜던 여자들이 나가사
키의 무기공장으로 보내져서 피폭되고도 거의 40여 년 간 침묵
을 지켜왔다. 그러다가 한 주부가 자원봉사 활동을 시작하면서
옛 동료를 찾아내어 지금은 4백여 명에 가까운 사람의 이름을
밝혀내었다.

나는 그 내용을 정리하여 『아마미의 원폭 소녀』라는 한 권
의 책을 펴냈다. 이 책이 미국의 한 서점에 진열되어 시애틀에
사는 피폭자들의 눈에 띄게 되었다. 나는 그들이 보내온 사연
을 읽다가 메리 후지다라는 이름을 보고 젊은 여성을 상상했는

데, 그분은 80세의 피폭자로 남편을 순식간에 잃었던 날의 기억을 길게 서술해 놓았다. 남편의 살과 피는 화염에 휩싸이고 제대로 된 뼈 하나 추리지 못했으며, 남편이 살아 생전 애지중지하던 오토바이만 타다 남은 채로 발견되었다고 한다. 피폭 후 미국으로 건너온 그녀는 해마다 여름이 되면 시애틀 주변의 고교에서 의뢰를 받아 「그날」의 이야기를 들려주며 순회하고 있다고 한다.

히로시마는 전쟁 전에 미국으로 많은 이민자를 보냈고 그런 까닭에 피폭 후에도 도미한 사람이 많았다. 현재 대략 1천여 명의 피폭자가 미국 서부와 하와이를 중심으로 살고 있다고 해도 좋을 것이다.

아마미에서 그치지 말고 꼭 미국에도 오라는 메리 후지다 씨의 초청을 받아 나는 미국 서부를 출발점으로 미국 각지를 돌았는데, 메리 후지다 씨를 시작으로 모두들 놀라울 정도로 담담하게 「그날」의 일을 이야기하였다.

"내가 아침을 먹으려고 수저를 드는 바로 그 순간 뭔가가 번쩍 하는 거예요. 그래서 밥은 못 먹었지요."

마치 밥을 못 먹은 데에 중점을 두는 듯이 이야기한 사람도 있었고, 남편의 유해가 강에 떠 있는 것을 발견했을 때의 상황을 설명하는 사람도 있었다.

"그때 남편은 엎드린 채로 물에 떠 있었는데 미국에서 돌아온 남편은 눈에 띄는 셔츠를 입고 있었기 때문에 금방 알아볼 수 있었어요. 구두는 날아가고 양말만 남았는데 구멍 난 양말을 꿰매지 못했기 때문에 뒤꿈치가 드러나 있었어요. 그것을 본 순간 '아, 기워 주었으면 좋았을걸' 하고 너무 안됐다는 생각이 들었지요."

그렇게 구멍 난 양말에 대해서만 이야기하던 사람도 있었다. 지옥의 밑바닥을 보고 진저리를 쳤던 사람은 안이하게 「No more Hiroshima」라는 말을 하지 않는다.

지금까지 서부극을 보지 못하는 사람도 있었다. 「그날」길 가에 베니어 합판 한 장으로 된 구호소가 마련되었고, 10대 소녀였던 그녀는 화상과 부상으로 몸도 가누지 못하고 누워 있었다. 베갯머리의 베니어 합판 건너편에서 사람들이 떼를 지어 지나가는 발소리를 꿈처럼 아련하게 들으며 그녀는 집으로 돌아가고 싶다고 흐느꼈다.

"서부극에서 인디언들이 무리를 지어 지나가는 발소리는 10대의 그날을 연상시키는 것 같아요. 그래서 TV에서 서부극이 시작되면 무의식중에 손이 앞으로 나가서 스위치를 꺼버립니다."

피폭 후유증의 정의를 한마디로 내리기는 어렵지만 이런 것이 후유증이 아니고 무엇일까. 취재하는 내내 나는 섬뜩해 하면서 당사자만이 경험한 가슴아픈 이야기를 들었다.

나는 특별히 어떤 일에 목표를 두고 살아가는 보람을 찾는
스타일은 아니지만, 아마 앞으로도 생활비를 절약해서 취재비
는 제대로 쓸 것이다. 그런 생각을 할 때만큼은 조금이나마 침
착한 마음이 된다.

일은 사람을 배신하지 않는다

취재로 알게 된 것을 계기로 평생 친구가 되는 사람이 있다. 최근에 취재로 만나 소중한 인연을 맺은 사람은 미국 시애틀에 사는 메리 후지다 씨이다.

그녀의 이름에서 추측되듯이 지금은 미국 국적을 가지고 있지만 일본에서 태어나고 교육받았으며 태평양전쟁중에 히로시마에서 원폭피해를 입었다. 그리고 그녀의 남편은 그날 폭탄이 떨어진 곳으로 외출했다가 피해를 당하여 뼈 한 움큼 추리지 못하고 말았다. 남편이 아끼던 오토바이만이 타다 남은 잔해로 발견되었다.

호탕해 보이는 메리 씨는 누가 봐도 60대로 보이지만 사실은 80세가 넘었다. 나도 그녀의 실제 나이를 알고 무척 놀랐다. 영어도 유창하고 일도 잘하는 메리 씨는 영어가 부자유스러운 일본계 사람들의 통역을 맡기도 하고 능숙한 운전으로 외출이 힘든 친구들을 데리고 온천에 가곤 하여 주위 사람들의 대모처럼 되어 있다.

그녀를 만난 사람은 누구나 젊음의 비결에 대하여 알고 싶어 하지만 나는 그녀에게 반평생의 삶을 전해 듣고 젊음의 비결은 자기 일에 최선을 다하는 것이라고 생각하였다.

전쟁 전에 고향에서 만난 남편을 따라 미국으로 갔지만 아들이 초등학생이었을 때 남편이 큰 부상을 입은 것을 계기로 일본으로 돌아갔다. 그때 그녀는 미국에서 미용사 자격증을 따두었다. 수술은 성공이었지만 다리가 부자유스러워진 남편만 의지하고 살아갈 수는 없다고 판단했기 때문일 것이다.

귀국하여 곧바로 문을 연 미용실은 미국에서 배운 솜씨와 미국제 미용기구가 화제를 불러일으키면서 크게 번창하였다. 하지만 곧 태평양전쟁이 시작되었고 원폭투하와 남편의 죽음으로 끊임없는 운명의 장난에 힘겨워진 그녀는 전쟁이 끝나자마자 비참한 추억에서 도망치듯이 아들과 함께 예전에 신혼살림을 꾸렸던 시애틀로 건너갔다.

모자는 시애틀에서 일단 식료품점을 운영하였다. 초보자가 시작한 그 가게가 얼마 안 가서 손님으로 성황을 이루게 된 것은 연중무휴와 24시간 영업, 양이 많고 적음을 가리지 않고 배달해 주는 방침이 인기를 끌었기 때문이라고 한다. 그 대신 모자는 잠시도 쉴 틈이 없었다.

　지금은 점포의 권리를 매각하고 아파트 경영으로 바꾸었기 때문에 유유자적한 생활이지만, 메리 씨는 시애틀에서 피폭자 협회의 지부장을 맡기도 하고 주 1회씩 노인정으로 미용 자원 봉사를 다니면서 여전히 분주한 나날을 보내고 있다.

　나는 얼마 전에 히로시마 원폭투하에서 살아남아 나머지 삶을 미국에서 지내는 사람들을 취재하여 『살아남은 사람들』이란 책을 냈는데, 그때 누구를 첫번째로 소개할지 고민을 했다. 어렵사리 괴로운 이야기를 꺼내 주신 분들에게 순위 따위로 기분을 상하게 해드리고 싶지 않아서였다. 나는 생각 끝에 메리 씨를 첫번째로 했는데 예상대로 등장인물 중 어느 누구도 불만스러워하지 않고 흡족해 했다. 메리 씨의 인격 덕을 톡톡히 보았다고 할 수 있다.

　인덕은 천부적인 것이다. 그러나 메리 씨의 반평생을 들으면서 나는 일을 가지고 살아온 사람에게서 보는 달관의 경지를 느꼈다. 사람은 때로 남에게 배신을 당할 때가 있다. 분해서 억울함을 호소할 때도 있다. 그러나 일은 사람을 배신하지 않는다. 물론 일이 잘 안 풀릴 때는 괴롭기도 하고 억울하다는 생각도 들겠지만 그렇다고 자포자기에 빠지는 어리석음은 범하지 않을 것이다.

　진정한 행복의 조건은 「사랑과 일」이라고 말한 이가 있는데, 메리 씨의 삶을 보아도 구구절절 맞는다고 생각한다.

직장, 절대로 로맨틱하지 않다

먼저 결론부터 말하자. 남녀고용 기회균등법의 계기가 된 국제여성회의 멕시코 대회의 슬로건이 그것이다.

남녀의 차이는 인정하자. 그러나 차별은 하지 말아야 한다

즉, 국제사회에서도 남자와 여자가 다르다는 것을 인정하고 있다. 하지만 국제사회에서 별달리 인정하지 않더라도 남자와 여자는 다르기 때문에 남자이고 여자라는 것은 굳이 말하지 않아도 좋을 것이다. 그런데 이 단순한 논리를 무시하는 사람이 많아서 정말 곤란하기 이를 데 없다.

남자와 여자는 어디가 다를까. 우선 남자는 아이를 낳지 못한다. 하지만 여자는 아이를 배고 10달간 길러서 낳는다는 것이 가장 큰 차이일 것이다. 적어도 알을 낳아 부화기에라도 넣어서 아기가 태어날 수 있다면 이야기는 달라지겠지만 산전 산

후 각 6주간, 합계 3개월의 휴식을 취하지 않으면 안된다는 사실은 누가 뭐라고 해도 직업사회에서는 핸디캡 이외에 아무것도 아니다.

나의 많지 않은 경험으로도 출산 예정인 여자를 고용하는 것은 사양하고 싶다. 내 일은 집에서 할 수 있지만 오랫동안 정신을 집중하지 않으면 안될 경우가 많기 때문에 전화가 일을 방해할 때가 많다. 그래서 몇 년 전부터 전화를 받아 줄 여성을 고용했는데, 빈틈없고 똑똑해 보이는 우수한 여성이 결혼을 계기로 돌변해 버리는 사태를 여러 번 보아왔다.

우수한 여성은 결혼해도 반드시 일을 계속하겠다고 장담한다. 일을 시키는 쪽에서도 대체로 그러기를 원한다. 이윽고 임신한 여성은 출산휴가만 받을 수 있다면 일을 계속하겠다고 한다. 그 말에 이끌려서 또 그러라고 하면 그후부터 정반대로 역전되고 만다.

우선「예비엄마」라는 출산을 위한 준비 모임이 있어서 매주 1회씩 보건소에 가지 않으면 안된다. 여기에서「라마즈」라는 출산호흡법이라도 배우게 되면 또 남편과 함께 보건소에 다녀야 한다. 그래도 어떻게든 출산 후를 기대하면서 조용히 기다린다. 하지만 결혼 전에는 전화 벨이 2번 울릴 때 반드시 수화기를 들던 민첩한 여성이 벨이 12번 울리고서야 겨우 수화기를 들어서 나는 그녀를 그만두게 하였다.

처음에 그녀는 아이를 업고서라도 일을 계속하고 싶다며 의욕이 대단했는데, 하필 기저귀를 갈고 있을 때 전화 벨이 울렸다고 핑계를 대는 바람에 그만 정나미가 떨어졌다. 고용주인 내 처지에서는 전화가 걸려왔을 때 아이가 울면 입을 막아서라도 울음소리를 멈추게 하고 엉덩이가 물러도 기저귀는 나중에 갈아 주기를 바란다는 말이 목젖까지 치밀어 올랐다. 아무리 작은 일이라도 일은 일인 것이다.

성격이 다르기는 하지만, 우리집의 경우를 요즘 직장여성의 직업과 권리에 관한 의식수준의 한 예로 들어도 크게 다르지 않을 것이다. 이 정도의 의식으로 남자와 같이 직장에 들어갔을 경우 힘든 것은 동료이고 부끄러운 것은 본인 아닐까.

갓난아기 엄마를 그만두게 한 후 두 아이를 둔 주부에게 같은 일을 맡겼다. 이번에는 미리 "셋째는 낳지 않을 거죠?" 하고 확인을 했다. 그후 10년 동안 별 탈 없이 평온한 나날을 보내고 있고, 두 아이도 이제 성장하여 많이 도와주고 있다. 여성에게 계속 일을 주려면 올드 미스나 미망인, 출산을 마친 주부에 한해서 도움이 된다.

사정이 이런데도 무조건 남녀고용 기회균등법 등의 법률을 내세워 남자가 취할 점과 여자가 취할 점을 같게 보고, 남자를 고용하면 여자도 고용하라는 식으로 몰아붙이는 것은 애초부터 터무니없는 요구가 아닐까. 남자가 있는 직장에는 반드시 여자도 있어야 한다는 논리는 「다른 것」과 「차별」을 혼동하고 있는 것이라고밖에 생각되지 않는다.

아이를 낳지 않는 남자와 아이를 낳아 기르는 여자는 시간적으로나 정서·체질적으로 차이가 크기 때문에 적성도 다르다. 회사에서도 업무별 특성에 따라 남자를 내몰고 싶기도 할 것이고 여자를 내몰고 싶기도 할 것이다. 그러므로 남녀의 기회균등을 부르짖기보다는, 유치원이나 병원 등 직원의 반 이상을 여자가 차지하는 직장에서부터 여자의 위치를 확고하게 자리매김하고 여자가 일하기 쉬운 조건을 갖추어 나가는 것이 선결과제라고 생각한다.

먼저 엄정한 비즈니스의 장이 있고 거기에 자신을 맞추어 나가는 것이 일하는 기본자세일 것이다. 사람이 먼저이고 거기에 비즈니스가 따라갈 만큼 직장은 그렇게 로맨틱한 곳이 아니다.

때로는 사치도 부리며 산다

언제부터 도자기를 좋아하게 되었는지 물으면 대답이 궁해진다. 학교를 졸업하고 직장에 다니면서 백화점에서 도자기를 한두 점씩 사모으기 시작하여 몰래 책 상자에 넣어 두었던 것이 30여 년 전의 이야기다.

얼마 안되어 나는 글을 쓰게 되었고 강연도 하게 되었다. 한 번은 오카야마 교육위원회의 의뢰로 강연을 하러 갔다가 위원회의 누군가의 권유로 비젠의 골동품을 보러 갔다.

그날 강연료의 3배나 되는 모모야마 시대(도요토미 히데요시 시대)의 차 단지를 샀는데, 그것이 골동품에 손을 댄 첫번째였다. 튼튼하고 야무져 보이는 그 차 단지는 골동품을 전혀 볼 줄 모르던 내게도 무척 매력적이었다.

그뒤로는 골동품을 찾는 즐거움도 함께하면서 각지에서 강연을 맡게 되었다. 뜻밖의 장소에서 뜻밖의 물건을 만나 시코

우에이몬의 작은 접시를 5장 산 곳은 기후 현의 세키 시다.

당시는 백화점에서도 정선된 도자기만 전시하였다. 중국 옷을 입은 아이 2명이 춤추고 있는 남색 도자기를 구입한 적도 있다. 인도네시아의 자바에서 이마리(伊萬里, 사가 현 이마리 시에서 만드는 도자기)의 큰 접시를 산 것은 이미 20년 전의 일이다. 유감스럽게도 여행중이라 꼼꼼하게 보지 못했기 때문에 일본에 돌아와서야 흠집이 있는 것을 알았다.

후쿠오카에 갈 때마다 머무는 호텔이 있는데 그 부근에 좋은 물건만 진열해 놓는 골동품점이 있다. 이곳에서 초기 이마리의 접시를 보고 넋을 잃었다. 넋을 잃기만 하고 사지 못한 것은 가격이 안 맞았기 때문이다. 돌아와서 꼭 사고 싶다는 생각이 들어 일부러 기회를 만들어 다시 찾아갔건만 안타깝게도 이마리는 진열대에서 모습을 감추고 없었다.

바가지를 쓰고 물건을 살 때만큼 억울한 것은 없다. 그래서 망설인 것인데 결국 손에 넣지 못하고 말았다. 아마도 골동품 수집을 하는 사람이라면 누구나 하는 경험일 것이다.

블라우스나 핸드백이라면 곧 좋은 물건이 다시 나오겠지 하고 체념하겠지만 골동품만큼은 한번 살 기회를 놓치면 평생 다시 만나지 못한다. 그리고 그때 놓친 억울한 마음 때문에 계속해서 쓸데없는 골동품을 사러 다니는 것이 마니아의 정석일 것이다. 나도 그처럼 초보자일망정 마니아가 되어 있었다.

작년에 나는 미국에 사는 피폭자를 취재하러 몇 차례 바다를 건넜는데 샌프란시스코의 일본계 가정에서 토끼 모양의 이마리 자기 잔을 발견하였다. 무심코 반색을 하자 가져가라는 것이 아닌가. 몇 번이나 사양했지만 기념이라며 떠안기다시피 권해서 고맙게 가져왔다.

그런데 이 히로시마 출신의 피폭자는 어디에서 어떻게 해서 그 자기 잔을 손에 넣었을까. 지금은 미국, 특히 서부 쪽으로 골동품 마니아가 많이 늘었지만 다운타운 상가에서는 그 정도로 갖고 싶은 물건을 발견하지 못했다.

한밤중에 원고를 일단락짓고 나서 얼마 안되는 소장품을 감상하면서 과거와 미래에 대한 생각에 잠기는 것이 취미가 많지 않은 내게 하나의 즐거움이 되었다.

10여 년 전에 우리 동네에 작은 골동품점이 생겼다. 혼자 사는 젊은 여성이 주인이었다. 그녀는 이마리에 대해 놀랄 만큼 자세히 알고 있어 분류법 등을 그녀에게 배웠고 급기야는 이마리의 매력에 푹 빠져들게 되었다. 지금은 아끼는 보물 중의 하나인 토끼 모양의 접시도 처음에는 그다지 마음에 들지 않았지만 그녀의 권유로 산 것이다.

산카몬의 식기는 5점 세트로 6종류가 진열되어 있다. 이것도 보기 드문 골동품이다. 언젠가 이 식기에 멋진 요리를 담아 마음이 맞는 사람들과 담소를 나누는 것이 오랫동안 간직해 온

꿈이다.

가까운 시일 안에 골동품을 즐기는 사람들을 위한 다도회를 열 예정이다. 그리고 그곳에 내가 아끼는 겐로쿠 아카에(元祿赤畵, 겐로쿠 시대의 도자기로 붉은 채색이 특징임)를 놓아 두려 한다. 붉은빛이 도는 도자기에 여린 단풍잎으로 장식을 하면 한결 운치 있지 않을까. 그 생각을 하면 벌써부터 즐거워진다.

적어도 지금의 나는 그 정도의 사치는 허용되는 나이가 되었다고 생각한다.

그때 그 여자는 어디로 갔을까

독신으로 사는 이유에 대해 궁금해 하는 사람이 많다. 그중에는 내가 젊었을 때 전후 식량난으로 결핵이 만연하고 있었기 때문에 '혼기에 병이라도 걸렸던 게 아닐까……' 하고 추측하는 사람도 있다. 하지만 다행인지 불행인지 나는 어렸을 때부터 감기 한번 심하게 걸려 본 적이 없었다.

그러면 어쩌다 좋은 상대를 만나지 못했는가? 굳이 이유를 대라면, 짐작이 가는 것은 「양말 사건」뿐이다.

내가 도요타 자동차회사에 신입사원으로 들어갔을 때 회사에서는 추첨하여 비단 양말을 주었다. 기본급 1,200엔(약 1만 2천원) 시대에 비단 양말 한 켤레의 가격은 750엔이었다.

그러나 추첨 운이 좋지 않은 나는 떨어지고, 다른 4명의 신입사원이 당첨되었다. 그들은 당시 한창 유행하던 롱스커트의 옷자락을 비단 양말로 장식하고 상큼한 모습으로 보란 듯이 출근했다.

그러나 재생섬유인 양말이 오래 갈 리가 없었다. 2개월도 채 안되어 해어지기 시작했는데, 양말의 수명이 다하기 전에 4명은 모두 사랑에 빠졌다. 이윽고 그들은 맞벌이를 하기 시작했고, 게다가 부풀어 오른 배를 서류로 감추면서 악착같이 다녀 직원사택에 들어갔다.

그래서 난 양말 추첨에서 떨어졌기 때문에 혼자 산다고 너스레를 떨기도 한다.

양말 한 켤레로 운명이 결정되던 시대였지만 우리는 누구보다 충실하게 살려고 노력하였다. 비록 양말과는 인연이 없었지만 나에게도 멋진 패션이 없었던 것은 아니다. 어머니의 단벌 린즈 견사 기모노를 고쳐 만든 자줏빛 원피스를 입고 꽤나 의기양양해 하였다. 몸에 꼭 달라붙는 그 얇은 원피스를 한겨울에도 입고 다녔다. 입을 때마다 사람들의 부러움을 샀기 때문이다. 그 당시에 린즈 견사 기모노는 집에서 쌀과 맞바꾸어 먹었을 정도로 귀했다.

그 무렵 단 한 벌의 원피스로 용감하게 의류난을 해결한 친구가 있었다. 한 벌을 가지고 6가지로 입을 수 있는 양장을 고안한 것이다. 얼핏 보면 원피스로 보이지만 원래는 상의와 하의가 떨어진 블라우스와 스커트이므로 깃을 바꾸면 3가지로 분위기가 변한다. 게다가 소매가 2단으로 되어 있어 단추를 풀면 반소매가 된다. 그녀의 아이디어에 우리는 그저 감탄을 연발할 뿐이었다. 이처럼 그때의 젊은 아가씨들에게 치장이란 창의력을 발휘하는 장이었다.

직원식당에서 제공하는 점심은 고구마가 3개, 보너스는 과장이나 평직원이나 모두 똑같이 500엔(약 5천원)과 귤 3개였던 것이 도요타 자동차회사의 불과 몇십 년 전 모습이다.

그러던 어느 해 종업원 5천 명 중에서 1,500명의 희망 퇴직자를 모집한다는 발표가 났다. 그리고 맞벌이하는 여직원은 회사로부터 "남편의 장래는 보장하겠다"는 선언을 들어야 했다. 즉, 권고퇴직을 종용한 것이다. 남편을 보장하겠으니 아내에게 물러나라는 경영자와 직원의 이런 대화는 아마도 일본에서만 통하는 방식일 것이다.

이렇게 모두 언제 자리에서 밀려날지 모르는 불안에 떨고 있었는데, 그때 한국에서 전쟁이 일어나 트럭 1천 대의 특수가 생겼다. 전달 월생산량이 3백 대였는데 갑자기 1천 대로 늘어났으니 그야말로 가문 하늘에서 단비가 내린 격이었다. 회사는 눈코 뜰 새 없이 바빠졌고, 맞벌이 여직원은 처지가 급변하여 귀하신 몸이 되었다. 그뿐 아니라 사내 결혼을 하는 사람에게는 대부금을 지급하고 6개월 이상 맞벌이를 계속할 경우에는 갚지 않아도 된다는 사내 규정까지 생겼다. 말할 것도 없이 노동력의 분산을 방지하려는 대책이었다.

이리하여 한국전쟁의 특수를 계기로 일본의 경제는 비약적으로 성장하였다. 그리고 도요타 자동차회사는 그때까지 아이치 현 고로모 시에 있었는데 급기야 이 전통 있는 도시의 이름이 도요타 시로 바뀌고 본사가 있는 곳은 도요타 1번지가 되기에 이르렀다.

도요타 자동차회사의 노동쟁의에서 착상을 얻은 나의 처녀작 『직장의 군상』이 대기업의 차순이, 즉 「BG」(차 대접을 주로 하는 직장여성 business girl을 가리킴. 지금의 OL, 즉 office lady를 말함)의 수기로 주목받은 것도 그 무렵의 일이었다. 성장궤도를 잡아가기 시작한 일본은 온갖 가능성에 넘쳐 있었다. 가수는 히트곡 한 곡으로 하룻밤 사이에 스타가 되던 시절이었기 때문에, 나 역시 눈 깜짝할 사이에 가미사카 후유코라는 이름으로 문필가로 등단하였다.

너무나 갑자기 일어난 일이라 필명조차 스스로 생각할 여유가 없었다. 가미사카 후유코라는 나의 이름은 출판사의 쓰루미 슌스케 씨와 다다 미치타로 씨가 「가슴에 한을 품은 여성」이라는 뉘앙스를 풍기도록 지어 준 것이다.

경제 호황에 따라 각 기업의 여성 채용이 활발해졌다. 갓 문필가로 발을 내디딘 나에게는 이런 움직임이 무엇과도 바꿀 수 없는 행운을 가져왔다. 젊은 직장여성을 대상으로 한 여성잡지에서 청탁이 쇄도하였다. 내가 현역 직장여성이었기에 더욱 그

랬던 모양이다. "일본에서는 스타킹 솔기를 똑바로 하여 신어야 한다는 말만 해도 평론가가 될 것"이라고 한탄한 사람이 아마도 이누카이 미치코 씨였다고 기억되는데, 그런 풍토 덕분에 나는 대도시에서 자립할 수 있었다.

그때 『일본경제신문』 여성란에 실린 나의 기사가 화제가 되었다. 별로 대단한 내용도 아니었다. 「여자도 딸 수 있는 자격과 특기」라는 제목이었을 것이다. 도시에서 독신으로 살기 전에 나는 자립의 길을 모색하느라 검정시험으로 보모자격을, 야학으로 유치원 교사 자격을 따두었다. 이 체험을 바탕으로 몇 가지 추가로 조사한 내용을 쓴 것인데, 3백여 통의 편지가 날아왔다. 전화가 아닌 편지였다는 점에서 당시 직장여성의 교양이 드러난다.

그 당시의 풍토에서도 일하는 여성은 견실한 자신의 길을 열심히 모색하고 있었다. 전국의 사무직 직장여성은 약 2백만 명 정도였는데, 나는 그들을 상대로 사회가 급변해도 자신의 호흡을 조절하며 살아갈 수 있다는 글을 문답형식으로 썼다.

한편 도쿄 올림픽 개최가 결정되어 준비단계에 들어서면서 기업의 사원재교육이 활발해지기 시작하였다. 「당신의 웃는 얼굴은 회사의 웃는 얼굴」이라는 주제로 나는 10년 동안 2천여 기업을 순회하며 강의하였다. 전화 받는 법, 대화하는 법을 시작으로 상사에게 보고할 때에는 6하 원칙에 따르라는 등 직장생활의 기본적인 것들을 강의했는데, 당시의 직장여성은 이것을 일의 연장으로 생각했는지 신중하게 들었다.

또 BG라는 호칭이 매춘부 같다는 비난을 받자 여성지 『여성자신』에서 앙케트를 하여 오피스 레이디, 약칭 OL로 바꾼 것도 도쿄 올림픽 전이었다. 이 무렵부터 먹고 사는 문제가 해결되어 여성파워 시대에 들어섰을 것이다.

그 계기는 석유파동으로 인한 「화장지 사건」이었다고 생각된다. 그때까지 BG나 OL, 주부 할 것 없이 여성은 사람의 시선을 끌 정도로 무리 지어 행동하지 않았다. 그러던 것이 슈퍼마켓 앞에서 무리를 지어 화장지와 비누, 등유 등에 대한 정부의 늑장 대책을 규탄하면서 여자들은 무리 지어 다니는 쾌감을 맛보기 시작했다.

다행인지 불행인지 거기에 불을 지핀 것이 국제여성연합이다. 여성 군단은 어느날 갑자기 "남편을 「주인」이라고 부르는 것은 여성에 대한 멸시이다. 남편을 「동반자」라고 불러야 한다"고 주장하면서 남녀 평등론을 들고 나왔다.

다시 말하면 유치원생 여자아이가 "나는 만드는 사람"이라고 말하며 남자아이에게 라면을 건네 주면 그 남자아이가 "나는 먹는 사람"이라며 그릇을 받는 라면 광고가 내려지는 「문화수준」이 된 것이다. 결국 라면회사 쪽에서 "우는 아이와 세무서는 이길 수 없다"며 양보하였고, 국제여성연합은 일본 여성에게 부전승을 안겨 줌으로써 이른바 「짱」이 느껴 볼 수 있는 쾌감을 가져다 준 것이다.

다 함께 행동하면 무서울 것이 없다는 악습을 심었다고나 할까. 그것은 에어로빅 붐을 낳았고 문화센터와 「좋은 정치를 만드는 모임」, 「핵무기 반대 모임」 등으로 뭉치면서, 아줌마의 쾌락시대로 이어졌다. 이것이 문화대혁명을 꽃피운 그 시절에 대한 나의 사적인 견해이다.

옛날에 여자가 있었다. 양장 한 벌을 6벌로 변화시켜 입는 재미를 아는……. 아무리 황폐한 시대를 살아도 몸과 마음을 단련시켜 혼자 힘으로 극복하겠다는 의지의 여성이 있었다.

이렇게 혼자 생각하고, 혼자 궁리하고, 혼자 모색하던 그 여성의 모습은 지금 어디로 사라져 버렸을까.

최근에는 「노후를 생각하는 여성의 모임」마저 생겼다는데, 아무리 몸부림을 쳐도 죽을 때는 혼자라는 중요한 사실을 잊고 그저 무리 지어 다니는 것은 어리석다고밖에 달리 할말이 없다.

양말 한 켤레조차 마음대로 할 수 없었던 생활 속에서도 충실하게 살았던 그 시절이 그립다. 비꼬아서 하는 말은 아니지만, 나는 아무래도 호경기와 친숙해지지 못하는 것 같다.

자유 분방했던 소녀시절과 조직 속의 OL생활

소녀시절에 얼마간 간사이 지방에서 생활한 적이 있다.

지금은 나라여대가 되었지만 예전에 나라여고 사범학교로 불리던 시절, 나는 그 학교의 부속 초등학교에 다니면서 아주 현대화된 교육을 받았다.

그 초등학교에서는 운동회 때나 소풍을 갈 때 교기를 들고 선두에 서는 사람은 여학생이었다. 지금은 남녀고용 기회균등법이 시행되는 세상이지만 당시에는 무슨 일이든 우선 남자부터 시작하는 것이 상식이었기 때문에 나는 보기 드문 교육을 받았던 셈이다.

수업도 독창적이어서 교과서는 아예 제쳐놓았다. 학술적인 재능이 뛰어난 선생님들이 재미있는 이야기로 분위기를 돋우어 주었다. 미술시간에는 초등학생인데도 유화를 그렸다. 한마디로 개성을 존중하는 재능교육을 편 것이다.

나는 절대 「공주님」이 아니었지만 평범하고 안정된 가정에
서 아무런 불편 없이 자랐고 학교에서도 자유 분방하게 뛰어
놀며 성인이 되었다.

이런 소녀시절의 이야기를 꺼내는 것은, 지금 신세대라고 불
리는 젊은 세대와 나의 소녀시절에 공통점이 있어 보이기 때문
이다. 당시에는 특수하게 여겨졌던 교육이 지금은 당연한 것이
되었고 아이들 역시 핵가족 속에서 꽤 자유 분방하게 자라고
있다.

그렇다면 내가 사회 초년생으로서 맛보았던 감동이나 비애
가 지금의 신세대에게 공감이 갈지도 모르지 않는가.

자유 분방하게 자란 나에게 조직사회는 마치 다른 나라처럼
느껴졌다. 이방인 속에 숨어든 것만 같았던 처음 3개월 동안
외국여행을 할 때나 부딪치는 문화적 충격을 받았다.

예를 들면, 신입사원으로 열의에 넘쳐 있던 나는 매일 아침
맨 처음 출근해서 열심히 청소하고 컵을 씻어 놓고 선배들의
출근을 기다렸는데 이것이 잘못되었다는 것이다. 일주일 정도
지났을 때 선배가 조용히 불러서 귀띔을 해주었다.

"청소도 그렇고, 컵 씻는 것도 당번이 있으니까 차례가 오면
그때나 해. 열심히 하려는 것도 좋지만 혼자서 다하면 그만큼
비참해지는 사람이 생기니까 말이야. 의욕은 그런 걸 다 알고
나서나 부려."

처음으로 보너스를 받았을 때도 납득할 수 없는 주의를 받았다. 보너스 명세서를 받아 든 선배들이 책상 밑으로 명세서를 내려 머리를 숙이고 감추듯이 몰래 그것을 펼쳐 보는 모습이 나에게는 너무나 비굴해 보였다. 그래서 나는 그렇게 하지 않으려고 명세서를 당당하게 펼쳐서 하루 종일 책상 위에 놓아두었다. 이때 남자 선배가 한마디했다.

"명세서를 감춰 두건 펼쳐 놓건 별 의미는 없지만, 그런 것은 내놓지 않는 것이 직장에서 가져야 할 에티켓이지."

청소 건과 명세표 건으로 나는 자존심에 심하게 상처를 입었다. 내가 나의 인생관에 따라 행동하는 것이 어째서 나쁜가 하고 분개했던 것이다.

하지만 이제는 그 선배들의 말을 떠울리면 마음이 훈훈해지는 것을 느끼게 된다.

자유 분방했던 소녀시절도 좋았지만, 여기저기 깎이고 다듬어져 가면서 조직의 틀에 익숙해졌던 OL 생활도 나에게는 무엇과도 바꿀 수 없는 시기였다.

대학에 진학하지 않았으므로 대학 출신을 부러워한 적도 있었지만, 최근에는 생각이 조금 바뀌었다. 자유 분방한 개성에 조직의 틀을 써보기도 했고, 힘들었지만 의의 있는 체험을 한 것은 학력으로 대신할 만한 무게를 충분히 갖는다고 생각하기 때문이다.

연휴 정도는 스스로 선택하는 삶

골든 위크(golden week, 4월 29일부터 5월 5일까지 몰려 있는 휴일을 연휴로 쉬는 것을 말함)가 다가오면 가슴이 아파온다.

어머니는 골든 위크에 세상을 떠나셨다. 교통사고였지만 책임은 모두 나에게 있다고 생각한다. 노부모 두 분만 시골에 사시게 해놓고 도시생활에 젖어들었던 것이 불행의 시작이었다. 소용없는 줄 알면서도 후회하고 또 후회하게 된다.

가해자는 부근의 자동차회사에 근무하는 사람으로 잔업을 마치고 돌아가는 길이었다고 한다. 사고의 순간에 대해 본인은 아무것도 기억나지 않는다고 진술한 것으로 미루어 연휴 동안 계속된 잔업에 지쳐서 졸음 운전을 한 것이 틀림없다.

어쨌든 정확한 사고경위는 알아야겠다고 생각하여 가해자의 근무처에 가보았지만 "사고담당 부서를 두고 있지 않으므로 자세한 내용은 모르겠다"는 답변뿐이었다. 일본 제1의 자동차회사이면서 생산성 외에 아무것도 생각하지 않는 회사의 태도에 몹시 불쾌했으나 그것도 나만의 생각일 따름이었다.

얼마 전 노동단체에서 골든 위크를 아예 연휴로 못박아 두자는 법안을 들고 나왔다. 이유 중 하나로 지나치게 일을 많이 해서 무역마찰마저 일으키고 있는 일본인의 노동시간 단축을 꼽았다. 연휴의 잔업으로 피로가 쌓인 사람에게 어머니를 잃은 나로서는 그 취지에 반론이 있을 리 없다. 하지만 그 방법에는 정면으로 반대한다.

이야기가 되돌아가지만, 어느날을 기점으로 갑자기 홀로 되신 아버지를 우리집에서는 막내동생이 돌봐 드리고 있었다. 자신과 아버지의 집을 오가며 허둥지둥 사는 동생을 보면서도 다른 형제들은 미안한 마음만 가질 뿐 손을 쓰지 못했다.

형제가 많은데 어째서 막내가 아버지를 떠안게 되었을까. 첫번째 이유는 막내가 가장 착하기 때문이었다. 또 다른 이유는 막내만 샐러리맨이 아닌 자영업을 한다는 것이었다. 시간에 구속받지 않는 만큼 그는 많은 짐을 떠맡은 것이다.

샐러리맨인 다른 형제도 막내를 안쓰러워하면서 조금씩 시간을 내어 아버지를 뵈러 갔지만 당연하게도 모두 주말에 집중되어 부산스럽기만 할 뿐 도움을 주지 못했다.

이때 나는 새삼스럽게 샐러리맨은 얼마나 부자유스럽고 불편한 처지를 강요당하고 있는가를 느꼈다. 시간뿐 아니라 인정

마저 구속받는다. 그런데 그런 구속을 법제화하기 위해 노동단
체가 나선다는 것은 아무리 생각해도 납득할 수 없었다.

예를 들어 골든 위크를 대신할 만한 휴가를 개인별로 쓸 수
있도록 했다면, 우리집 샐러리맨들은 돌아가면서 차례로 아버
지를 돌보아 드릴 수 있었을 것이다. 그러면 아버지가 얼마나
기뻐하셨을까. 그리고 문병을 가는 쪽에서도 얼마나 마음이 편
했을까.

애초부터 일하는 사람의 노동시간 단축을 염두에 둔 발상자
체에 문제가 있었던 것은 아닐까. 우리는 사건의 전제를 늘 근
로자와 생산성에 두는 버릇이 지나치게 몸에 배어 있다. 그러
다 보니 늙고 병든 사람을 보살펴 줌으로써 얻는 삶의 기쁨을
놓쳐온 것 같다.

혼자서 힘겹게 아버지를 돌보는 막내동생과, 수수방관하며
멀리서 그 모습을 바라보고만 있어야 하는 이른바 엘리트 샐러
리맨 형제가 그것을 상징하고 있지나 않은가. 근로자의 고충을
덜어 주려고 무역마찰까지 들먹이며 연휴를 법제화한 것은 단
순 명쾌하기 이를 데 없지만 그 단순 명쾌함에 무신경이 따라
붙으니 안타깝다.

우리가 가난했을 때 노조는 마켓 바스켓(market basket) 방식으
로 임금을 요구했다. 쌀이 얼마, 생선이 얼마, 야채가 얼마이므
로 이만큼은 있어야 한다고 시장에서 조사하고 헤아려 확인하

면서 생활의 안정을 추구한 것이다. 그러나 지금은 풍부한 물자를 언제나 살 수 있게 되어 주도면밀하게 행복을 헤아리는 법을 잃어버린 기분이 든다.

도대체 몇천만 명의 사람이 한꺼번에 쉬는 데 무슨 의의가 있다는 것일까. 분명 연휴가 되면 도심에서도 후지 산이 보이고 오랜만에 공기가 상쾌해진다. 하지만 동북 신칸센의 모든 기차가 완전히 매진되고 그 모습을 TV에서 요란하게 전하고 나면 남는 것이 무엇일까. 할인매장에서 왕창구매를 하고 난 뒤에 느끼는 피로처럼 후회스럽지 않을까.

마켓 바스켓 방식이 그립다. 연휴의 하루 정도는 늙은 부모 곁에서 자신도 편안해지고 부모도 온화해지면서 무엇과도 바꿀 수 없는 한때를 보내기 위해 써야 하지 않을까.

적어도 연휴 정도는 스스로 선택하면서 살아갈 수 있으면 좋겠다. 이 일에 며칠, 저 일에 며칠 조금씩 쓰면서 휴일의 맛을 음미하면서…….

나이가 들수록 도시 속의 은거를 꿈꾼다

인구 2만 명이 채 안되는 규슈의 어느 작은 마을에서 엉뚱한 일이 화제에 올랐다. 우연히 내가 흘린 말이 계기가 되었다.

"도쿄에서는 모르는 부동산업자가 아파트나 별장을 싸게 판다고 자꾸 전화해서 귀찮아 죽겠어요."

"이상한 전화군요. 모르는 사람이 걸어온 전화를 믿고 부동산을 사는 사람이 이 세상에 있을까요?"

그 작은 마을의 사람들은 눈이 휘둥그레졌는데, 그러고 보니 이상한 이야기이기는 하다. 그런데 그 마을에서는 누가 어떤 부동산을 가지고 싶어하는지 말하지 않아도 주위에서 알고 있다고 한다. 누구를 통해서 이야기하면 되는지까지도.

이번에는 내가 놀라서 되물었다.

"이상한 이야기군요. 그 사람의 재산에 관한 것을 어떻게 다른 사람이 알고 있지요?"

"이 마을에서는 모든 사람이 이렇게 저렇게 다 연결되어 있으니까요."

훌륭한 대답이다. 그 대답에 고개를 끄덕이며 나는 중얼거렸다. '그래, 시골 마을은 한가로워 좋지만 마을 전체가 하나로 연결되어 살아가는 것은 견딜 수 없어.' 이런 말을 들었을 때만큼은 도시에서 살기를 정말 잘했다고 생각한다.

사는 곳이나 그곳을 둘러싼 환경을 선택하는 것은 그 사람의 인생관에 따라 좌우된다. 사람에 따라서 판단기준과 취향이 다르기 때문에 기쁨이나 슬픔을 모두 둘러앉아 맛보는 곳을 좋아하는 사람도 있겠지만 싱글 라이프의 나처럼 문을 잠그면 세상과 단절되어 살아갈 수 있는 곳을 좋아하는 사람도 있다.

지금 살고 있는 도쿄의 아파트는 그런 의미에서 나에게는 이상적이다. 이미 20여 년이나 같은 집에서 살고 있는데 이웃과 일상적인 인사를 해야 하는 경우는 거의 없다. 아파트의 엘리베이터 안에서 아는 사람을 만나는 일도 거의 없으며, 설령 아는 얼굴을 만나도 어디 사는 누구인지도 모르고 그저 가벼운 목례만 하는 정도다.

그런 주제에 얼마 동안 외국에 있다가 돌아오면 거리가 놀랄 정도로 바뀐 것에 눈이 휘둥그레질 때가 있다. 활기 넘치는 외국 도시와 비교되어서 그럴 것이다.

싱글 라이프의 특징은 사무적인 일이 좀처럼 없다는 점이다.

사무적인 일이 없는 생활은 바꾸어 말하면 무료할 때 대책이 없다는 말이 된다. 그럴 때 나는 시장이나 상가를 어슬렁거리면서 기분을 달랜다.

싱글 라이프뿐만 아니라 아이를 키워 학교에 보내면 부득이 혼자 지내야 하는 가정주부와 같이 앞으로는 싱글 라이프처럼 사는 사람이 더욱 늘어날 것이다. 그런 풍조 속에서 사람들의 삶은 두 파로 나누어지지 않을까. 세상과 이리저리 얽혀 살아가려는 사람과 세상과 단절되어 살아가려는 사람으로.

후자의 경우 현관문 하나로 세상과 경계를 두고 있지만 그래도 문밖으로 나가면 세상의 혼잡과 뒤섞이는 것을 기꺼이 받아들일 것이다.

지금 내가 살고 있는 도쿄의 지유가오카는 그런 의미에서 말하자면 천국이다. 유행하는 상품이 즐비한 작은 골목이 여기저기 가지를 치듯이 뻗어 있어 반나절을 걸어도 지루하기는커녕 흥미진진하다. 가까이에 있는 오래 된 절에는 고목이 즐비하고, 앉아 있는 것만으로 마음이 편안해지는 장소도 얼마든지 있다.

나이가 들면 조용한 시골에서 살겠다는 사람도 있지만, 나는 나이가 들수록 「도시 속의 은거생활」이 기대된다.

바나나를 먹듯 쉽고 단순하게 산다

　도쿄에 와서 새해를 30번 가까이 맞았다. 고향은 아이치 현이지만, 도쿄에 온 이래 연말 연시에 귀향하는 것을 일부러 피해 왔다. 왜 고향에 돌아가지 않느냐는 질문에 이렇다 하게 대답하기가 쉽지는 않지만, 예전에 복싱 선수인 구시켄 씨가 "고향을 떠나온 사람은 우승할 때까지 돌아갈 수 없다"고 말한 것을 듣고 깊이 공감한 적이 있다.

　나는 거창한 뜻을 세우고 고향을 떠나온 것은 아니지만, 청년기에 상경한 사람은 크든 작든 구시켄 씨와 비슷한 족쇄를 스스로 채워 두고 있다. 가족과 고향을 떠나서 도시에서 혼자 살기 시작한 사람의 고집이라고나 할까.

　그러면 도쿄에서 어떻게 새해를 보내는가? 유감스럽게도 이 문제는 나에게 늘 고민거리였다. 우선 도쿄의 아파트는 연말이 임박해지면 묘지처럼 어둡고 무표정하게 바뀐다. 즉, 대부분

빈집이 되어 버리는 것이다. 그런 탓인지 연휴 사흘간은 음식 배달도 안된다. 도무지 설 음식을 만드는 데에는 관심이 없고, 그렇다고 노래와 코미디 일색인 TV는 더더욱 보고 싶지 않다. 무료하게 창밖을 내다보니 후지 산만 묘하게 선명해 보인다. 그제서야 나는 새해 첫날 도시에 홀로 남은 것을 뼈저리게 후회하게 된다.

결국 생각해 낸 것이 일본 탈출이었다. 문화대혁명 아래의 중국이나 한·일회담 후의 한국 등 비교적 이른 시기부터 나는 그 나라에 관심을 가졌으므로 남들에게는 저널리스트로서 당연하게 비쳤겠지만, 속사정을 밝히자면 연말 연시의 빈 시간이 힘겨웠을 뿐이다.

하지만 틀림없이 잘 찾아보면 이 시기에 의외로 좋은 기회를 발견할 수 있을 것이다. 해방 직후의 베트남 종단 여행은 혁신계 정당의 기관지 한구석에서 발견한 투어에 참가한 것이었다. 함께 간 10명의 멤버는 겨울방학중이던 교사, 돈 되는 일을 찾아다니는 상사 직원, 그리고 독특한 나라를 여행하는 것이 유일한 취미라고 말하던 돈 많은 부자 등 다채로운 얼굴이었다. 늘 똑같은 새해 분위기에 젖어들기 싫어하는 사람들에게 둘러싸여 나는 오랜만에 편안한 새해를 보냈다.

이리하여 근 10여 년은 새해마다 가까운 외국으로 탈출하며 지냈지만 그것도 점점 한계가 느껴진다. 보기 드문 독특한 나라도 없어지고, 해방을 노래하던 나라도 신선미를 잃게 되었다. 드디어 왁자함을 혼자 가만히 견뎌내지 않으면 안될 시기가 온 것이다. 그리고 곧이어 나에게 찾아올 중대한 것을 깨닫게 되었다.

모든 것이 즐겁고 밝고 가볍게 빙글빙글 돌아가는 새해에 세상의 회전에서 이탈되고 가족과 떨어져 정원이 한 명뿐인 그물에 걸려 속수무책인 사람의 처지는 「노후」 그 자체가 아닐까. 또 바꾸어 생각하면, 여기에서 자신의 페이스를 제대로 찾을 수만 있다면 쾌적한 노후를 보장받은 것과 마찬가지일 것이다. 이리하여 나에게 새해는 머지않아 다가올 노후를 위한 절호의 테스트 기간이 된 것이다.

그럼 쾌적한 노후를 위한 필요조건은 무엇일까. 뭐니뭐니해도 혼자 있는 시간을 즐길 수 있는 능력을 갖추는 것과 부담되지 않을 정도의 일을 하는 것이 아닐까. 그밖의 특별한 생각은 애써 짜내려고 하지 않는다.

하루는 볼일이 있어 친척집에 갔는데, 대학생 조카가 혼자 하는 컴퓨터 게임에 빠져 있었다. 반사적으로 내 머릿속에 번뜩이는 것이 있었다. 나는 전형적인 일본인처럼 천성적으로 부지런하여 단순작업에 끊임없이 열중함으로써 심신의 균형감각을 찾는 일을 잘한다. 다행스럽게도 직업상 나에게 컴퓨터는 떼려야 뗄 수 없는 존재이다.

아무래도 결론은 의외의 곳에서 나온 듯하다. 새해와 노후는 컴퓨터에 맡겨야겠다. 주소록 정리 등 컴퓨터에 딸린 기능을 다루다 보면 모르는 사이에 각종 조작법을 마스터할 수 있을 것이다.

원숭이가 껍질을 벗겨서 바나나를 먹는 것처럼 나 역시 쉽고 단순한 작업을 하면서 배짱 편하게 노후를 보낼 수 있다면, 어쩌면 시대를 앞서간 선구자의 고고한 경지에 다다르게 될지도 모른다.

설레는 마음으로 기다리는 세번째 기회

흔히들 다 큰 처녀(?)가 "결혼하지 않겠다"고 하면 "오죽이나 못났으면 결혼을 못하느냐"고 어른들은 야단을 친다. 나도 그 흔한 「못난 케이스」일지 모른다.

평생 세 번 찾아온다는 기회 중 첫번째가 나에게 왔다. 모 대기업 회장 사모님의 개인비서(소개한 분의 표현으로는 몸종). 내 앞날이 트일 좋은 기회라는 말에 약간 동요되었지만, 나는 첫번째 기회를 그냥 보냈다.

사회생활을 하면서 공부가 더 하고 싶어졌고, 공부에 관심을 가지다 보니, 우연히 일본행의 기회가 주어졌는데, 그것이 두번째 찾아온 기회였다. 어쭙잖은 국수주의자인 나는 "왜 하필 일본이야" 하며 마음이 걸끄러웠지만 일단 가고 보았다.

마음놓고 공부하기엔 대가가 너무나 비싼 나라에서 정작 내가 배운 것은 앞으로 혼자 살아야 할 것 같은 예감과 그런 삶에 대한 의지였다.

　어학 코스를 마치고 대학에 진학하려는 순간 내 머리에는 「생활」이 떠올랐고, 그래서 원래의 목적인 일본어나 중국어 공부보다 「요리」를 택하게 되었다. 재미도 있었다. 한·중·일 3개국의 비교문학을 공부하겠다고 나섰건만, 3개국의 비교음식을 공부한 것이다.

　'먹는 것을 밝히더니 드디어……' 하는 주위의 시선도 재미있었고, 매일 색다른 요리를 만들어 먹는 일도 재미있었고, 독도가 자기네 땅이라고 이마에 핏줄이 서도록 주장하는 관료들의 입이 무안하게끔 독도가 어디에 있는지조차 모르는 일본 애들과 떠드는 것도 재미있었다.

　그리고 내 나라에서 음식점을 차리겠다는 부푼 기대를 안고 한국으로 돌아왔다.

　유감스럽게도 이 나라는 혼자 사는 여자(남자에게는 모르겠지만)에게 아이를 입양할 수 있는 권리를 주지 않는다. 외국에 팔아 넘긴다는 오명까지 들어가며 해외입양을 권장하면서……. 그런데 앙드레 김에게만은 어째서 예외였는지……, 아차, 그는 남자였지…….

　성인이다 못해 기성인이기까지 한 나는 성인이 치러낸 어떠한 의식도 치르지 않아서 아직도 어른이라는 느낌이 없다. 이 점이 결혼하지 않고 혼자 사는 사람의 가장 불편한 의식구조라고 생각한다.

친구들은 멋진 젊은 남자를 보면 아직 젖살도 안 빠진 어린 딸을 떠올리지만, 난 그가 나보다 몇 살 적은지부터 생각한다. 이래서 우리 선조들은 행사의식을 중요시했구나 하고 새삼 감탄하게 된다.

지은이 가미사카 후유코처럼 나 역시 혼자 사는 사람이라 통하는 것이 있을 거라며 책을 건네 주신 출판사 사장님 덕분에 일본 여성의 싱글 라이프를 마음껏 엿볼 수 있었다. 그것도 아주 솔직하고 적나라한 모습으로.

막 이 책을 번역하기 시작했을 무렵, 독신여성 전용 웹 사이트 「싱글 라이프(www. singlelife. co. kr)」가 개통되었다는 소식을 들었다. 반가운 마음에 당장 들어가 보았다. 독신여성에게 싱글 라이프의 성공지침과 생활정보를 제공하고, 온라인 동호회 공간을 마련해 주는 그 웹 사이트는 이미 2,000여 명의 회원을 두고 있었다.

'이제 싱글 라이프도 하나의 생활방식이 된 건가' 하고 놀랄 사람도 있겠지만, 그런 사람은 지금 당장 눈을 돌려 주위를 한번 둘러보라. 세상이 얼마나 달라지고 있는지를. 「결혼은 더이상 운명이 아닌 선택일 뿐」이라 여기는 30~40대 전문직 독신여성들이 「솔로」를 단점이 아닌 장점으로 십분 활용, 자신의 목표를 향해 열심히 뛰고 있다.

　　"일이 너무 바빠 결혼을 생각할 시간이 없고, 현재는 의사도 없다"는 이 당당한 싱글들은 직장일 외에도 각종 모임이나 취미생활로 24시간이 턱없이 부족할 만큼 정신없이 하루를 보낸다. 20대의 경우엔 전체의 52%가 한 앙케트 조사에서 아예 "결혼을 해도, 안해도 좋다"고 대답했다고 한다.

　　21세기에 싱글 라이프는 더이상 특별한 사람들의 생활이 아니다. 하지만 적령기의 처녀가 결혼에 환상을 갖는 만큼, 독신여성은 싱글 라이프에 환상을 갖는다. 그러나 결혼이 생활이듯이 싱글 라이프도 생활일 뿐이다. 그런 점에서 싱글 라이프로 지내면서 힘들었던 일과 즐거웠던 일, 외로움을 이겨낸 지혜와 자유를 손에 넣은 기쁨 등을 자유롭게 써 내려간 이 책은 독신을 꿈꾸는 미혼여성뿐 아니라 사별이나 이혼으로 혼자 사는 사람에게도 큰 힘이 되어 줄 것이다.

　　이런 「아름다운 책」이 빛을 볼 수 있도록 해주신 참솔의 김혜숙 사장님께 이 땅의 혼자 사는 여성을 대신하여 고마운 마음을 전한다.

　　그리고 평생의 세번째 기회는 어떤 모습일지 설레며 기다리는 나와 같은 모든 싱글 라이프에게 파이팅을 보낸다.

2000년 3월

우제열

옮긴이 우제열은
대학에서 중어중문학을 공부하면서 출판사에 다니던 중
「한·일·중 3개국의 비교문학」을 공부하러 일본에 건너갔다.
막상 그곳에서는 「한·일·중 3개국의 요리」를
아카보리전문대학에서 배우게 되었는데,
한국에 돌아와서는 무역회사에서 일하면서 번역을 하였다.
현재 한국방송통신대학 일본학과 4학년에 재학중.
번역서로『인간관계도 센스이다』,『자신의 몸값을 결정하는 20대가 돼라』,
『북경대학 유학생은 못말려』,『삼국지 인물관계학』등 10여 권이 있으며,
부산국제영화제 출품작『떠나는 농민들』,
부천판타스틱영화제 출품작『가미카제 택시』등을 우리말로 옮겼다.

혼자 산다 @ 당당하고 자유롭게

펴낸날 · 2000년 5월 5일 1판 1쇄
지은이 · 가미사카 후유코
옮긴이 · 우제열
펴낸이 · 김혜숙

펴낸곳 · 도서출판 참솔
등록번호 · 제8-244호
등록일 · 1998년 5월 13일
주소 · ☏ 121-718 서울시 마포구 공덕동 404 풍림빌딩 521호
대표전화 · 3273-6323 ｜ 팩시밀리 · 3273-6329
E-mail · salamand @ unitel. co. kr

ISBN · 89-88430-09-3 03830

값 · 7,000원

* 잘못된 책은 바꾸어 드립니다